闘う女

小手鞠るい

ハルキ文庫

角川春樹事務所

目次

闘う女

謎の女、成田に降り立つ

寒風吹きすさぶ、二月のはじめの夜。

ひとりの女が成田空港に降り立った。

背中のまんなかあたりまでのばした――のびてしまっているというべきか――まっすぐな髪の毛をバンダナでまとめて――縛っているというべきか――エスニック調のよれよれの木綿のブラウスに、やはりエスニック調の染め模様の入った、長い巻きスカート。色はもともと白と紺だったのかもしれないが、ブラウスは薄汚れてグレイに、スカートは退色してブルーグレイに近くなっている。足もとは、二月だというのに夏物のサンダル。いかにも時代遅れのヒッピーファッションである。背中には、膨れ上がったバックパック。肩から斜めに掛けているのは、パスポートと財布などの入った小型のショルダーバッグ。

そんな身なりではあるけれど、瞳からは強い意志が、全身からは気迫のようなものが滲《にじ》み出ている。

無遅刻、無欠勤、勤続十五年を誇る、成田空港の税関職員（男・37）は、この女に目をつけた。

「たいへん恐れ入ります。パスポートを拝見いたします。お荷物はそれだけですか」

「はい」

女はにっこり笑って職員にパスポートを差し出したあと、バックパックをおろして、検査台の上に置いた。

「おひとり、ですね？」

「はい」

職員は手渡されたパスポートを開くと、そこに貼られている写真を目にして、まず驚いた。写真と本人があまりにも違っていたせいである。同一人物であるということは辛うじてわかるのだが、この、初々しい笑顔の女の子は、いったいいずこへ行ってしまったのか。どこをどう旅すれば、こんなにも大胆不敵な面構えの女に変身できるのだろう。パスポートは、京都で発行されている。生年月日は？

次の瞬間、職員は息を止めた。

何か、臭う。こいつはどうも、くさい。

確かに女の体は臭かった。長い髪の毛や色あせた衣服に染みついた香辛料と埃《ほこり》の匂いに、かすかな体臭が入り混じって、まるで線香のような匂いを発している。しかしながら、ベテラン税関職員の鼻についたのは、それらとは似ても似つかない「におい」であった。

小一時間ほど前に到着したのは、バンコク発、成田行きの大韓航空機である。出入国スタンプを見ると、女は三ヶ月半ほど前の十一月に、大阪国際空港からスリランカへと飛び立っている。スリランカには十日間だけ滞在し、コロンボからインドのマドラスへ渡っている。ということは、女は三ヶ月あまり、インドをうろついていたことになる。怪しいのは、帰りである。帰りはバンコクから、伊丹《いたみ》ではなくて成田に向かう便に搭乗している。しかも、バンコクには一泊しかしていない。

「旅行中に何か、人から預かったものはありませんか。現地の人からもらったものとか」

「ありません」

「わかりました。それではちょっと、お荷物のなかを拝見させていただきます」

「どうぞ」

毅然《きぜん》とした態度を崩すことなく、女は応《こた》えた。税関職員にとっては、見慣れた反応である。だいたい最初はみんなそうなのだ。ここで表情が変わるような輩《やから》は、運び屋を請け負ったりしない。

職員は、ぱんぱんに膨らんだバックパックをあけると、両手を突っ込んで、ゆっくりと中身を確認した。衣服、下着類、帽子、ビーチサンダル、サングラス、洗面道具が入っていると思《おぼ》しき小物入れ、小型のノートと筆記用具、正露丸、その他、訳のわからないもの、わかるもの……仕事柄、つちかわれてきた勘と、感触だけで、職員にはそれらがどういうものなのかが、わかる。つまり、怪しいか、怪しくないか。

バックパックの底までのばした手が、ふと止まった。そこには、本が五、六冊。

これだな。

職員の脳内の電球に明かりが灯《とも》った。

ぐいっと力を入れて、本を全部、外に引っ張り出した。文庫本が三冊。写真集が一冊。ガイドブックが二冊。ほかの本には目もくれず、三冊の文庫本のうち一冊を、職員は取り上げた。この文庫本のあいだに、何かが挟まっている。そんな手応えがあった。ぱらぱらっとめくった。ページとページのあいだから、小さなビニール袋がふたつ、ひとかたまりになったまま、音もなく、はらりと落ちた。

おもむろに拾い上げて、職員は女に問いかけた。

「これは、なんでしょうか」

ビニール袋は、ティーバッグよりもひとまわりくらい大きい。商品名や商標などは記されていない。透明な袋のなかには、くすんだ緑色をした粉、乾燥して茶色っぽくなっている植物の葉と茎、あるいは、それらのかけら、そのような物々がぎっしり詰まっている。

「風邪薬なんですけど」

職員の目をまっすぐに見つめて、女はそう答えた。

「ほお、風邪薬なんですか、これは。ずいぶん珍しい風邪薬ですね。どこで手に入れられましたか。ご旅行中、誰かから、もらわれたものではないですか」

職員はあくまでも明るく、丁寧な口調を心がける。これはごく普通の会話であり、ごく普通の問いかけであるという雰囲気を保つことが、今は何よりも重要だ。相手に油断させて、しっぽを出させるためには。

「買ったものです。インドのプーリーという村で風邪を引いてしまって、こじらせてしまって、ひどい熱を出して寝込んでいた私を見るに見かねて、ホテルの親切な従業員の方がお店で買ってきてくれて、煎《せん》じて飲ませてくれたんです」

そうしたところ、翌朝には熱が引き、頑固な風邪がひと晩で治ってしまった。女は感激し、その村を去る前に五袋、みずから買い求めてその後も現地で使用し、余った二袋をこうしてお土産として持ち帰ったという。

「なるほど、よくわかりました。それでは一応、念のためにということで、この薬の成分などを調べさせていただきたいと思います。お急ぎのところたいへん恐縮ですが、そのあいだ、別室の方でしばらくお待ち下さいますか。そんなにお時間は取らせないはずです。それでは別室にご案内いたします。あ、お荷物は私が。こちらです。さ、どうぞ」

女の返答を待たずに、職員は歩き始めた。相手に有無を言わせない、流れるような一連の所作だった。

「ここです」

税関職員が指さした先に、一枚のドアがあった。なんの変哲もないドアである。あたりの壁に似たような色をしているので、ドアだと言われなければ、そこにドアがあるとは思えないかもしれない。

職員のうしろについて、女はドアの向こう側にある小部屋に入った。足を踏み入れた瞬間、思わず目を細めた。まぶしい。明る過ぎるほど明るい蛍光灯に照らされた部屋で、椅子に座った数人の男たちが輪になって、談笑している。うちひとりの中年男は、税関職員から風邪薬の入ったビニール袋を受け取ると、さっと立ち上がって、どこかへ消えた。まさに「消えた」という言い方がふさわしい、機敏な動きだった。

「ささ、どうぞ、そんなところに立っていないで、お座り下さい」

別の男が、女に椅子をすすめた。もうひとりがわざわざ椅子を動かして、女のお尻の近くまで持ってきてくれた。

三ヶ月ものあいだ、インドのどことどこを旅していたのか。旅の費用は合計すると、どれくらいかかったのか。女のひとり旅は、心細くなかったか。危ない目には遭わなかったか。インドは衛生事情がよくないと聞いているが、だいじょうぶだったか。インドではどんなところに泊まっていたのか。そのホテルのレシートは持っていますか。持っているなら、見せて下さい。インドで買ったものは？　そのレシートは？

男たちから発せられる質問はありきたりな内容で、物腰も顔つきもあくまでも穏やかで、詰め寄るような調子など微塵《みじん》もなく、まるで世間話をしているような和やかさである。けれども、そのことが少しずつ、少しずつ、風船に息を吹き込んでいくかのように、女の不安を膨らませていく。

そうか、私は、疑われているんだな。麻薬の密輸人か、運び屋か、そんなふうに思われているんだな。原因は、あの風邪薬か。ああ、うかつだった。あんなもの、持ち帰るんじゃなかった。この、一見のんびりしたやり取りは、あの薬のなかから、違法な物質を見つけ出すための、時間稼ぎなのではないか。そこまで思い至ったとき、女の心臓がきゅっと、絞られた雑巾《ぞうきん》みたいに収縮するのがわかった。

そういえば――

あの薬を煎じた茶色いお湯を飲んで、しばらくベッドで横になっていると、すぐ近くにあるもの、たとえば、サイドテーブルの色や木目の模様、枕カバーの繊維のひと筋、ひと筋までが妙にくっきり見えてきて、嗅覚も聴覚も異常なまでに冴《さ》えわたり、遠くの町の喧《けん》噪《そう》や風の音までがはっきり聞こえてきて、そうして、甘いものが食べたくて食べたくて仕方がなくなり……

もしかしたら、あの風邪薬のなかには――

嘘《うそ》、嘘、まさか。

女の脇の下を、冷や汗がつつーっと流れていった。

どうしよう、これは、とんでもないことになってきている。全身に張り巡らされている血管を猛スピードで駆け巡った血液が、すべて、脳味噌《のうみそ》に向かって押し寄せてくる。あの風邪薬のなかに「何か」が本当に入っていたら、私はいったいどうなるんだろう。私の両手はうしろに回るのだろうか。それとも、揃《そろ》えて前に突き出せと言われ、手錠を掛けられるのだろうか。そんなことになったら、どうすればいい？　どうしよう、どうしよう、どうすればいい？

「ところで、お仕事は？　何をなさっているんですか」

女ははっと我に返った。焦っている胸の内を、気取られてはならないと思った。居住まいを正して、正しい答えを返さねば。落ち着いて、落ち着いて。

「はい、書店で働いていました。京都の書店です」

もうひとりの男が言った。

「その書店さんは、よく、三ヶ月以上もの休暇をくれましたね」

「いえ、書店の仕事は辞めて、旅に出ましたので」

「ああ、そうだったんですか。ということは現在は無職、ということですね。東京にはご親戚か、お知り合いでも？」

「いえ、いません」

「だったらなぜ、京都へはもどられずに東京へ？」

「あの、それはですね。話せば長くなるんですが」

長い話を短くまとめて、女は話した。

書店の仕事を辞め、住み慣れたアパートを引き払い、家財道具は古道具屋に二束三文で売り飛ばし、わずかな貯金を全額、トラベラーズチェックに替えて、バックパックひとつでインドへと旅立ったのは、ある野望、燃え上がるような野心があってのことだった。インドでの冒険、体験などをもとにして、ノンフィクション作品を書く。女性ノンフィクション作家として、世に名乗りを上げる。およそそのような野心であり、野望である。

行き先をインドに決めたのは、作品の題材として、女性のひとり旅ができるだけ困難な国がいいと思ったからだ。日本や欧米諸国とは価値観の大きく異なる、異次元の世界を描いてみたかった。目標は高く、遠くにあってこそ、野望も膨らむというもの。

そうして、その野望を実現するためには、つまり、物書きとしてひと旗あげるためには、京都にもどるのではなくて、チャンスが多く転がっていそうな――と、女には思えた――東京へ出ていくべきだと旅の途中で思いつき、ニューデリーの旅行会社で帰りの便を変更してもらったのだった。

「そうですか、よくわかりました。しかし、なぜ、わざわざバンコクを経由して？」

「ああ、それはですね」

もともと女の持っていたチケットは、格安で有名な大韓航空の、大阪・コロンボ間の一年間のオープンチケットだった。旅の目的地はインドだったが、ひとまず大韓航空でスリランカのコロンボまで飛び、そこからインド航空を使ってインドに渡るのが、もっとも安い行き方だとわかったからである。帰りにバンコクで一泊したのは、乗り継ぎと節約の関係上、どうしてもそうせざるを得なかったから。何もかも、貧乏旅行ゆえのことである。

「なるほど」

「それではそろそろ……ですかな」

と、ひとりが腕時計にちらりと目をやってつぶやくと、それを合図にしたかのようにして、もうひとりが言った。

「はい、それでは、レディーに対してまことに失礼で申し訳ないのですが、ちょっとだけ、身体検査のようなことをさせていただきます」

まるで、机上に置かれていた消しゴムを右から左へ動かすような、さり気ない言い方だった。

し、しんたいけんさ?

たかが身体検査、されど身体検査である。病院、小・中学校の保健室以外の場所で聞く「身体検査」という言葉の、なんとまがまがしく、卑猥《ひわい》な響き。

「あの、ここで、ですか?」

女の驚きと、緊張による身じろぎと、ためらいと恥じらいと戸惑い、疑問と抵抗、理性と感情、あせりなどを十把一《じっぱ》からげに無視して、職員は命じた。「はい、ここに印鑑を押していただけますか」というような事務的な口調で。

「まず、上着を取っていただきましょうか。座ったままでけっこうです。上着だけでかまいませんよ」

男の言う「上着」とは、女にとってはスモック型の「オーバーブラウス」である。その下には、長袖のTシャツを着ている。

女がブラウスを脱ぐと、ひとりの男が奪うようにして取り上げ、そばにあったデスクの上に広げた。ふたりで、あちこちを指でまさぐるようにしながら、点検している。布地の内側やポケットや胸もとの刺繍《ししゅう》のなかに「何か」が縫い込まれていないかどうか、調べているんだなと女は理解した。体ではなくて、衣服の検査だったのか、と、安堵《あんど》したのもつかのま、ブラウスは返されないまま、次の命令が下された。

「ありがとうございました。では次はスカートの方をお願いいたします」

「スカートも、ですか？」

「何か、ご都合の悪いことでも？」

仕方がない。身の潔白を証明するためなら、脱がなくてはならない。

女は覚悟を決め、椅子から立ち上がって、巻きスカートの紐《ひも》をほどき、手染めの生地を下半身から剝《は》がしていった。ブラウスも、このスカートも、インドの海辺の漁村で、日本製の衣服との物々交換によって、入手したものである。村人たちの無邪気な笑顔を思い出しながら、女は屈辱に耐えている。

男たちはスカートを受け取ると、ふたたび、獲物に群がるハイエナのごとく、あちこちを触りまくり、いじり回している。下品きわまりない、男たちの二十本の指。厚めのタイツをはいてはいるものの、むき出しになった二本の足がすうすうする。

「ありがとうございました。では、上と下、それぞれもう一枚ずつ」

そう来るか。タイツと、アンダーシャツ代わりに着ている長袖の黒いTシャツ。これらを脱いだら、上半身はブラジャーだけ、下半身はパンティだけになる。しかしながら、ここで躊躇《ちゅうちょ》すれば、タイツとパンティのあいだに、あるいは、ブラジャーの胸の谷間に「何か」を隠しているのではないかと、疑われるのが落ちではないか。

ええい、脱いでやろうじゃないの。

ストリップでもなんでも、やってやろうじゃないの。

腹をくくって、女は両腕を上げ、Tシャツを脱いだ。くくった腹が丸出しになった。

腰をかがめてタイツも脱いだ。臍《へそ》が丸出しになった。皮を剝がれた蓑虫《みのむし》である。プールに来ていると思えばいいのだと、女は自分に言い聞かせた。ここはプールで、私は水着姿。

小さなくしゃみがひとつ、出た。

Tシャツとタイツの点検も終わった。ふり返って、男が言った。

「それでは次は……」

まだ、次があるというの？　女はあわてた。絶体絶命のピンチである。人生始まって以来の危機に遭遇している。まさかこの私が、パンティのなかに——もしくは、その、もっと奥に——白い粉の入ったビニール袋を忍ばせているとでも？

図らずも、女の両まぶたが涙で膨らんできた。恥辱の涙である。恥ずかしい。怒りも混じっている。罪もない私がなぜ、こんな目に遭わされなくてはならないのか。

「ええっと、次はですね……」

最後の一線を前にして、男たちもためらっているようである。

女はうつむいて、あふれそうになっていた涙を指でぬぐい取り、きりっと顔を上げて言った。

「どっちにしますか？」

女は開き直った。破れかぶれの心境である。さあ、どっちなの。上か下か、はっきり言ってみなさいよ。

片方の男がもうひとりに、耳打ちをした。どっちにします？　と、上司にお伺いを立てているのだろうか。耳打ちされた方がうなずいた。耳打ちした方がおごそかに告げた。

「では、上の方を」

わかりました。上ですね。とても人様にお見せできるような代物ではございませんし、あなた様のお気に召すかどうかもわかりませんが、とっくりとご覧いただきましょう。

両手を背中に回して、女はブラジャーのホックに指をかけた。ホックを外し、左肩、右肩の順にブラジャーの紐《ひも》を下ろそうとした。

と、そのときだった。

「お待たせしました」

部屋の奥の方にあった扉が勢いよく開いて、甲高い声と共に、姿を消していた中年男が前のめりになりながら飛び込んできた。明る過ぎる蛍光灯の光のもと、両手で胸を覆い隠し、パンツ一丁の姿で立ち尽くしている女を見ても、男は表情ひとつ変えず、一直線にふたりの中年男のそばへと駆け寄った。三人は顔と顔を見合わせて、早口でひそひそと囁《ささや》き合っている。

やがて、三人のうち最年長と思しき男が、女の方に向き直った。

「お預かりしたものを調べさせていただいたところ、特に問題はなかったようです。が、この風邪薬はこちらで一定期間、預からせていただきます。没収ということになりますか。では、そういうことで」

素っ気なく告げる男のかたわらから、別の男が女の衣服をまとめて差し出している。受け取って、素早くそれらを身に着けながら、女は怒り心頭に発していた。指先も、胸も、怒りでふるえている。なんなの、その言い草は、このやり方は。無実の女の衣服を毟《むし》り取っておいて、さんざん恥ずかしい目に遭わせておいて「すみませんでした」もしくは「ありがとうございました」のひとこともないわけ？

だが今は、怒っている場合ではない。とにかく一刻も早く、ここから出ていくことが肝要だ。ぐずぐずしていたら、またあらぬ疑いをかけられてしまうかもしれない。

てきぱきと身支度を済ませると、女は荷物を胸に抱えて、別室から娑婆《しゃば》に転がり出た。まさに脱兎《だっと》のごとく。

薄いドア一枚を隔てて、そこには「普通の世界」が広がっていた。スーツケースや、お土産物のぎっしり詰まった巨大な袋などが、山のように積み上げられたカートを携えて、税関審査の行列に並んでいる人々の群れ。出口に向かう人々。

人波を縫うようにして、女は出口から外に出た。

到着ロビーに群がっている、出迎えの人々の笑顔、歓声、ざわめきに包まれて、女はつかのま、その場に立ち尽くしていた。

これから、どこへ行けばいいのか。

日はすでにとっぷりと暮れ、ガラス窓の向こうには、黒々とした夜空だけが見えている。

今夜は、どこに泊まろう。

ハック、ショーイ！

大きなくしゃみが出た。あわてて、バックパックのなかから、カシミールで買い求めたカシミア百パーセントのショールを引っ張り出して、巻きつけた。それでも背中にぶるぶるっとふるえが来た。鼻水がずるっと出た。啜《すす》り上げて、女は思った。

負けない。闘ってやる。これは、武者ぶるいだ。

心のなかで、こぶしを握りしめた。

東京には、友人もいなければ、知人も親戚もいない。右も左もわからない。心細い。帰国を待ってくれている人も、いない。親からは勘当されている。もどれる実家もない。これから行く当てもない。あるのは貧乏と根性と、野望だけだ。

時は一九八〇年代の半ば過ぎ。

成田空港の到着ロビーで仁王立ちになっている女の名前は、水沢菊香《みずさわきくか》。

住所不定無職、バツイチでシングルの闘う女、二十九歳である。

第1章　かけだし時代

使いっ走りの日々

鍋のなかで、スパゲティが踊っている。ぐるぐる回りながら、一心不乱に、熱湯のなかで「麺の舞い」をくり広げている。

さあ、そろそろ茹《ゆ》で上がったかな。

私はガスの火を止め、ざるでしっかり湯を切ってから、ふたたび鍋のなかに麺をもどすと、上からバターをたっぷり落として、かき混ぜる。かき混ぜながら、あらかじめほぐしてあった博多名産の辛子明太子を加える。惜しげもなくどっさり。何もかも、素早く、手早く、が肝要である。冷めてしまったら、ちっとも美味《おい》しくない。

刻んだ海苔《のり》をぱらぱらっとふりかけて、きりっと冷えた白ワインといっしょに、

「いっただきまーす」

と言いたいところなのだが、残念ながら、これは今夜の私の夕ごはんではない。湯を切ったとき、真下に置いておいたお皿の水滴をふきんでさっと拭き取って、できあがったパスタ料理を、鍋からあたたかい皿に取り分けていく。

ここは、東京都杉並区にある小さな会社。ぐるぐる回る地球儀のロゴマークで知られている。その名も、グローバル出版という。

会社の主な業務は、各種英会話教材の制作および販売、英語教育に関する種々雑多な雑誌の出版、通信教育講座の運営、イベントの開催など。

私の所属している部署は、企業営業部。

大手企業の人事部、人材開発部、社員教育部、海外事業部などに向けて、英会話教材や通信教育講座を売り込んでいく部署である。営業部員は、五十代の部長の下に、四十代、三十代、二十代の男性がそれぞれひとりずつ。

従って、お皿の数は、合計四枚。

ビルの二階の片すみにある湯わかし室——スペースは、台所とは呼べないほど狭い——で、私は今、まじめに「業務」に励んでいるところなのである。

営業事務を担当しているアルバイトの私の主な業務は、かかってきた電話に出て、企業からの問い合わせや依頼やクレームに対応したり、注文を受けたり、伝票を切ったり、請求書を送ったり、商品の発送の手続きをしたり、四人の営業マンが取ってきた大量注文に応じて、在庫の確認をしたり、発注をしたり、あとは、ダイレクトメールの封筒の宛名書き、コンピュータへのデータ入力、コピー、コピー、コピー、お茶汲《く》み、コピー、コピー、コピーした書類をホッチキスで綴《と》じる。灰皿洗い、湯飲み茶碗《ちゃわん》洗い、コーヒーカップ洗い、ラーメンをつくる、コピー、コピー、コピー機が壊れて、修理屋さんを呼ぶ。掃除、買い物、トイレ掃除、宅配便の受け取りの判子を押す。

四人の男性社員は、年代もばらばらなら、性格もばらばらだが、共通点がひとつだけあって、全員、独身である。これは私の推察に過ぎないが、決まった彼女もいないようだ。その理由もばらばらで、太り過ぎ、気位高すぎ、理想高すぎ、遊び好き。

「水沢ちゃーん、たらこスパ、まだぁ？」

「はい、今できたところです」

「早くしてよ。みんな腹ぺこなんだから」

「はいはい、すぐにお持ちしまーす」

「早くしないと、のびちゃうじゃない」

「すみません！」

今は夕方の五時過ぎ。私のアルバイトは、九時から五時までの契約だ。四枚のお皿を会議室まで運んだら、タイムカードを押して、すたこらさっさと退社する。しかし、彼らはみんな、仕事を終えておうちに早くもどっても、夕食をつくって待ってくれている人はいないし、いっしょに食事をしてくれるような恋人もいない。

だから、今朝、九州出張からもどってきたばかりの社員がお土産に持ち帰った辛子明太子で私のこしらえた和製イタリアンを割り箸で食べながら、出張報告を兼ねたミーティングをしようとしているのである。

「それではみなさん、お疲れさまでした」

「あれっ、水沢ちゃん、もう帰っちゃうの？」

「あ、お先に失礼いたします」

「なんだい、水くさいねぇ。いっしょにたらこスパだけでも、食べていきなよ」

「そうだよ、それがいいよ」

「いえ、私は……」

「どうせ急いで帰っても、彼氏が部屋で待ってるわけじゃないんでしょ？　デートの約束でもあるの？　ないんでしょ？」

それはまあ、そうなんですけど、あなたに言われたくありません。

「うまいよ、これ」

「おお、うまいうまい」

褒められても、うれしくもなんともありません。

「ではまたあした。よろしくお願いします」

丁寧にお辞儀をして、私は静かに去っていく。発《た》つ女、あとを濁さず。

まっすぐにアパートにもどって、インド旅行記のつづきを書こうと思っている。この会社で働いているのは、家賃と生活費を稼ぐため。私、水沢菊香には、この、小さな胸に抱いている、大いなる野望があるのである。

会社の最寄り駅は、浜田山。井の頭線に乗って下北沢まで出て、そこで小田急線に乗り換える。私の住んでいるアパートは、百合《ゆり》ヶ丘《おか》駅と新百合ヶ丘駅の、ちょうどまんなかあたりにある。その名も「百合ヶ丘ハイツ」。

各駅電車の停まる百合ヶ丘駅からは、急な坂道を「はあはあ」喘《あえ》ぎながら登って、徒歩二十五分ほど。急行電車の停まる新百合ヶ丘駅からは、本数の少ないバスに乗って、十五分ほど。会社からアパートまでは、どちらからでも一時間強。バスの待ち時間などを含めると、徒歩でもバスでも、かかる時間はほとんど変わらない。体力が残っているときには徒歩、疲れ切っているときにはバス。晴れの日は徒歩、雨の日はバス。泣きたい気持ちになっているときには徒歩、ということもある。

きょうは、徒歩かな。

体力が有り余っている、とは言えないし、特に泣きたいわけではないけれど、最近、運動不足だから、歩いて帰ろう。五月の終わりの夕暮れ時。さわやかな風に吹かれながら歩くのも、いいかもしれない。

百合ヶ丘駅で電車を降りると、交差点を渡り、陸橋をのぼりおりして、坂道のたもとまでたどり着く。険しい坂を見上げて、「よっしゃ」と気合いを入れる。

この坂道を初めて、自分の足で歩いたのは、今から四ヶ月ほど前のことだった。

二月にインドから帰国し、成田空港からリムジンバスで新宿まで出てきて、そのへんで目についた、いちばん安そうなビジネスホテルに転がり込んで一夜を明かした私は、小田急沿線の不動産屋巡りを開始した。インドで出会った日本人バックパッカーのひとりから「東京で、家賃の安いアパートを探すなら、小田急線で、和泉多摩川を過ぎたあとの駅がいいよ」という情報を入手していた。

和泉多摩川の次の駅は登戸《のぼりと》、その次は向ヶ丘遊園、生田《いくた》、読売ランド前、と、順番に各駅停車の電車を降りて、駅の近くの不動産屋を訪ねてみたものの、まったく歯が立たない。手も足も出ないというか、箸にも棒にもかからない、と言うべきか。

家賃が高い、敷金礼金も予算を上回っている、希望に合った部屋が見つからない、というわけではない。私は、部屋の狭さや日当たりの良し悪しや駅から近いか遠いかなどは、まったく気にしていなかった。まわりの環境にも、目くじらを立てるつもりは毛頭ない。ただ、唯一の希望は、一刻も早く入居したい、ということ。アパートが決まらなければ、またホテルに泊まらなくてはならなくなる。そんなお金の余裕は、まったくないのである。

「できれば、あしたからでも入れると、有り難いのですが」

切羽詰まった事情説明を終えると、業者は顔色ひとつ変えず、問いかけてくる。

「現在は、どちらにお住まいですか？」

あるいは、

「ご職業は？　お勤めはどちらで？」

もしくは、一枚の用紙を取り出して、住所、名前、年齢、職業などを書かせたあと、

「保証人の欄にも、必要事項をご記入願います」

などと言う。

箸にも棒にもかからないのは、この「私」なのである。住所不定無職。おまけに親からは勘当されているので、保証人になってくれるような人もいない。そんな人間に、ホイホイ部屋を貸してくれるような人はいないのである。

しかしながら、捨てる神あれば、拾う神あり、ということわざは真実のようで、最後に
「もう一軒だけ」と、半ばあきらめ気分で訪ねた百合ヶ丘駅前の不動産屋の人が、

「駅からは遠いけど、そこでもよかったら。今から見に行きますか？」

と言ってくれたときには、涙がこぼれそうになった。

「ここなら、あしたからでも大丈夫ですよ」

「あの、保証人は……」

「親御さんのお名前だけ書いといて下さい。心配いりません。ここの大家さんは、うるさいことは言わない人だから」

「ありがとうございます！」

この親切な不動産屋さんのおかげで、私は翌日から、百合ヶ丘と新百合ヶ丘のあいだにあって、どちらの駅からも歩くと三十分近くかかる、不便で不人気なアパートに入居できることになった。間取りは、六畳と四畳半に、お風呂とトイレとキッチン付き。家賃は五万。文句なし！

住む部屋が決まったら、次は仕事だ。

有り金は底をついてきている。一刻も早く、仕事を見つけないといけない。

旅行鞄《かばん》と布団のほかには何もない部屋で目覚めた私は、何もない部屋で目覚めた私は、さっそく百合ヶ丘駅にくり出し、駅前にあった書店でアルバイト情報雑誌を買い求めた。それから数日間、片っぱしから電話をかけてアポイントメントを取り、その足で面接に出向いていった。アルバイト先は、新宿を中心に探した。新宿なら電車一本で通える。

そのなかの一社「グローバル出版」は、新宿にあったわけではないものの、「出版」という言葉の響きに惹《ひ》かれた。ノンフィクション作家を目指している私としては、出版関係の会社で働くことには何かしら、意義があるに違いないと思ったのだ。

けれども、面接に行く前から「ここで、採用されることはないだろう」と、九割方あきらめてもいた。なぜなら、すでに二十九歳になっていた私は、グローバル出版の「営業事務アルバイト募集、学歴経験不問、女性、年齢二十八歳まで」という年齢制限に引っかかっていたのである。

二十八と二十九って、どこがどう違うのかなぁ、教えて欲しいよと思った。それもあるけど、女が年齢を重ねていくだけで就職が不利になるって、そんな社会って、なんだかおかしい、とも思った。男性の募集広告には、そこまで細かい年齢制限は記されていない。くやしい。まだ三十にもなっていないのに、これでは先が思いやられる。「二十九は駄目よ」と言われている社会で、女ひとり、三十代、四十代、五十代をどうやって生きていけばいいのか。

だが、悲嘆に暮れている場合ではない。私の肩には、私の生活と私の未来がかかっている。二十九になって、まだ三ヶ月しか経っていない。四ヶ月だけ鯖《さば》を読めば、二十八ではないか。チャレンジあるのみだ。東京で働く。これは、ノンフィクション作家になるための第一関門だ。こんなところでつまずいていて、どうする。当たって砕けろ。それに、たとえグローバル出版で採用されることが叶《かな》わなくても、東京の出版社というものをこの目で見ておくいいチャンスではないか。

二日後の午後一番、会社の一階にある喫茶コーナーで、企業営業部の猪熊部長、通称イノちゃんと向かい合った私は、持参してきた履歴書を差し出しながら「あの、年は二十九なんですけど」と、そっと言い添えた。こういうことは、先にこっちから言っておかなくてはならないと思っていた。

名は体《たい》を表す、という言葉を体現したかのように、ずんぐりむっくりの体型をしたイノちゃんは、私の発言には反応せず、しばし履歴書に目を落としていたかと思うと、ぱっと顔を上げ、人なつこい笑顔を見せた。名前は猪と熊だが、つぶらな瞳は小鹿のようだった。

「水沢さん、インドに行く前は、京都に住んでたんだ？」

「はい、大学も京都だったので」

「京都のどのあたり？　住んでたのは」

「はい、えーっと、学生時代は左京区を転々と。社会人になってからは、山科《やましな》区に住んでました」

「へー左京区ねー、いいねー、いいところだよなー。で、左京区のどのあたり？」

どうも、イノちゃんは「京都」に、並々ならぬ関心があるようなのである。

「左京区では、最初は修学院離宮の近くに住んでまして、次が一乗寺北大丸《きたおおまる》町ってところで、すぐ近くを叡電《えいでん》が走ってるところですけど、おわかりになります？」

「わかるわかる。あのあたりか。おお、いいなあ、いいなあ。いやーなつかしいなぁ。銀閣寺から哲学の小道をぶらぶら歩いてさ、すると南禅寺があって、知恩院があって、八坂神社、八坂の塔、二年坂を登って、清水寺、三年坂を下って、高台寺、円山公園、公園を抜けたら、いつのまにか祇園《ぎおん》……」

イノちゃんの小鹿の目は潤んで、なんだか遠くを見ているような顔つきになっている。

「南禅寺の境内だったかな、うまい湯豆腐を食わせる店があったよね。あと、銀閣寺の近くの『おめん』っていううどん屋さん、知ってる?」

「ええ、何度も行ったことがあります」

「そうなの! だったら僕たち、どっかですれ違っているかもねえ?」

「はあ」

「あと、京大の近くのあの喫茶店……名前はなんていうのだったか」

「進々堂ですか?」

「ああ、そこそこ。ぶあつい板一枚のテーブル越しにね、熱く見つめ合ったものだよ。コーヒー一杯で、何時間も粘っちゃってさ……」

つかのまの静寂。イノちゃんの脳裏には、七〇年代に流行《はや》ったフォークソング、ガロの『学生街の喫茶店』が流れているような気がした。

はっと我に返って、ふたたび履歴書に目をやったイノちゃんだったが、

「そういえば、この書店、水沢さんの前に働いていたお店は、京都駅の八条口にある、あの大きな書店? アバンティとかいう?」

「ええ、そうです。アバンティブックセンターといいます」

そのあとの質問も、やはり、京都がらみのものばかりだった。京都のきつね色をした出汁《だし》の味が恋しいとか、京都弁のはんなりした感じが好きだとか、京都人の優しさと冷たさのバランスがいいんだとか。

面接が始まって、三十分ほどが経過していただろうか。イノちゃんは、私の履歴書をレポート用紙みたいなものに挟むと、突然、部長の口調になって言った。

「じゃあ、水沢さん、あしたからでも、あさってからでもいいので、来て下さい。ひとつ、よろしくお願いします」

「えっ、ほんとですか？」

虚を衝かれた私は、素っ頓狂な声を出してしまった。

「採用していただけるんですか？」

チャレンジしてみてよかったと思った。反骨精神の勝利かもしれない、と。

すぐあとで、企業営業部員のひとりから聞いた話によれば、イノちゃんにはその昔、京都在住の恋人がいて、ふたりは甘くせつない遠距離恋愛をしていたのだが、なんらかの事情により別れてしまい、それぞれ別の人と結婚してしまったという。イノちゃんはその後、離婚し、今に至っているわけだが、その、京都の彼女のことをいまだに忘れられず、ひそかに想いつづけているのではないか、とのこと。面接で話題になった地名や店名は、ふたりの思い出のデートコース――彼女と歩いた道、彼女と行ったお店、彼女と訪ねたお寺

——だったのだろうか。真相は謎だけれど、なにはともあれ、採用の決め手が「京都」だったことだけは確か。

人生、何が功を奏するか、わからないものである。

百合ヶ丘駅から、アパートのある場所へとつづく、険しい坂道を半分ほど登ったところでふと立ち止まって、私はうしろをふり返った。

こんな急な坂道を、よく登ってきたものだと、四ヶ月前のあの日を思い出しながら、今さらながらに感心してしまう。

たわむれに老いた母親を背負って、軽さのあまり泣きそうになり、三歩以上歩けなかったのは石川啄木だが、私の場合、真剣に重すぎる布団を背負って、重さのあまり泣きそうになりながらも、急なこの坂道を驢馬《ロバ》のように這《は》い登っていった。徒労の果てに、晴れて決まった入居日の夕方。陸橋をおりたところにある大通りの先のお布団屋さんで、布団一組を買ったのはよかったが「配達は週明けになります」と告げられ、それなら「自分で持って帰ります」と、私は言ったのだった。言いながら、自分で自分に驚いてもいた。よく、そんなことが言えるな、と。

でも、そうしなければ、布団が届くまでの何日間かは、畳の上に直接、寝ないといけないことになる。インドではさんざん安宿に泊まってきたものの、暖房なしの二月の日本のアパートで、布団なしで寝るのはさすがにつらいと思った。

布団をかついでエッサホッサと坂道を登っていく、なんともたくましい女。

あの女が私の体内に棲《す》んでいる限り、私はこれからも大丈夫だと思った。


ジジジジジ、ジジジジジ……

目覚まし時計の音で、飛び起きた。

ゆうべ、遅くまでインド旅行記の原稿を書いていたので、睡眠がまったく足りていない。寝ぼけまなこをこすりながら、顔を洗って、パジャマから洋服に着替えて、トーストとインスタントコーヒーと目玉焼きとバナナの朝食を済ませて、歯磨きをして、アパートを飛び出す。

バスにはもう間に合わないので、百合ヶ丘駅までダッシュ。行きは坂を下るので、楽勝だし、各駅停車の車両はそれほど混んではいない。が、向ヶ丘遊園駅で急行電車に乗り換えてからが、つらい。押し寿司も顔負けのぎゅうぎゅう詰めで、下北沢駅で降りる頃には、体は固まってお地蔵さん状態。ほとんど窒息死寸前になっている。下北沢駅で井の頭線に乗り換えてからは、渋谷行きとは対照的に、車内はがらがらで、座っていける。ここでほっとひと息つく。息を吹き返す。しかしながら、電車を降りてから、最後の難関が待ち受けている。グローバル出版の立っている通りに出るためには、井の頭線の踏切を渡る必要がある。この踏切が、出勤時には「あかずの踏切」になってしまうのである。

遮断機が降り、ヒステリックに警報機が鳴り響くなか、いらいらしながら待つ。遮断機が上がった瞬間、鉄砲玉のように飛び出す。

「おはようございます！」

「おはよう！」

「おはようさん！」

「うぃっす」（イノちゃん、二日酔い）

企業営業部の小部屋に、朝の挨拶の声がこだまする。

「水沢ちゃん、会議室にお茶五人分、お願いね」

「はいっ」

「応接室にコーヒーの出前、頼んでもらえますか？」

「了解です」

「水沢さん、この書類、至急コピーして」

「はいっ、今すぐ」

「水沢ちゃーん、コピーあと百枚、追加！　大至急！」

「すぐやります！」

「ああ、もうこんな時間か。水沢さん、休憩室にラーメンの出前、三人前ね。ひとりはチャーシュー抜きで」

「わかりました」

「悪いんだけど、その前にこれ、郵便局までひとっ走りして、速達書留で出してきて」

「行ってきます」

「ついでに銀行で、俺の現金、おろしてきてくれる?」

「あ、はい……」

「銀行に行くんなら、ついでに薬局で、胃腸薬とリポビタンD買ってきてくんない?」

「は……」

「僕は、オロナミンCにするわ」

「あ、俺、ウーロン茶がいいな。ウーロン茶とセブンスター」

「ボク、はちみつレモンにします」

「それならついでにタカラブネで苺《いちご》のショートケーキも買ってきてよ。三時のデザートタイムに、みんなで食べよう。ヒロタのシュークリームがいいかな。水沢ちゃんの好きな方でいいからさ」

あの、みなさん、勘違いしてませんか?

私、営業事務のアルバイトなんですけど。

と、言いたい気持ちを抑えて、私は立ち上がる。

買い物リストを手にして「行ってきます」。

私の脳内ではお湯がぐらぐら沸騰し、からみ合うスパゲティのような疑問文と疑問符が、ぐるぐるぐるぐる回っているのだった。

フリーライター見参

グローバル出版で働き始めて、というよりも、こき使われ始めてから、半年あまりが過ぎた。インド旅行記の執筆は遅々として進んでおらず、目標にも夢にも、一歩も近づけていない。「こんなことでいいのか」と、焦りばかりが募っている。

八月も半ばを過ぎたある日の午後、企業営業部内で二番目に偉い上司から、こんな仕事を頼まれた。

「水沢ちゃん、悪いんだけど、お願い。俺ね、今から、大急ぎで出かけなきゃならない用件が発生してしまってさ。実は午後二時半にね、資料を取りに来ることになってる人がいるのよ。急に予定を変更してもらうのも悪いので、代わりに対応してもらえるかな」

「どんな対応でしょう？」

「その人が来たら、一階の喫茶コーナーでコーヒーでも飲みながら、これを渡して、ついでに仕事の概略を説明しておいてくれると、助かります」

「ガイリャク、ですか？」

脳内で、ガイリャクが「概略」と変換されるまでに、三秒ほどかかった。雑用係の私に、このような「難しい仕事」の依頼が来るなんて、稀有《けう》なことだ。

「うん、概略って言っても、難しいことじゃなくて。ほら、あらましはここに書いてあるから、ぱぱっと目を通してみてくれる？」

上司はそう言って、ワープロで打たれた一枚の文書と、大判の茶封筒を私に手渡した。封筒はずっしりと重かった。たぶん、私がコピー機にへばりついてせっせと取った、関連書籍のコピーなんかが入っているのだろう。

「わかりました」

受け取った茶封筒の表面には「企業留学ムック　依頼書&資料一式」と記されている。文書のタイトルは「企業留学戦略　企画書」となっていた。

企画書を斜め読みしただけで、私には概略が摑《つか》めた。

なぜなら、企業営業部ではこのところ、戦略会議と称するミーティングが盛んにおこなわれており、私はその場に頻繁に、お茶やカップラーメンやケーキや、時にはビールとつまみまで運んでいたから。

企業留学というのは、会社から派遣されて、海外の大学や大学院で一定期間だけ学ぶ留学のことで、最近とみに増えてきたタイプの留学である。留学する社会人たちは、背中に会社と「経済大国日本」を背負って、海を渡る。このような社会人留学生と、彼ら、彼女たちを派遣する企業の人材開発部をターゲットにした雑誌――それが企業留学ムック――を制作し、結果的には、我が社の英語教材の販売促進に結びつけていく。

というようなことは、会議室にお茶を運んでいるだけの私にも、理解できていた。

「何か、質問ある？」

上司に問われて、私は問い返した。

「あの、きょうここに資料を取りに来る人というのは？」

「ああそうだ。肝心なことを言い忘れるところだった。そのムックの取材と執筆と編集を担当してくれることになっている、フリーライターの人だよ」

フ、フ、フリーライター？

耳がピーンと立ってしまった。

まず「フリー」という言葉の響きが素敵だと思った。フリー＝自由。朝から夕方まで会社に縛られてこき使われている身の上の私にとっては、なんだか雲の上の言葉のように思える。

そして、ライター＝書く人、あるいは、物書き。物書きといえば、私のあこがれ、目標、野望の実現、そのものではないか。

実際には、雑誌のフリーライターと、ノンフィクション作家には、雲泥の差があると、私なりに認識はしている。月とスッポンほどは違わないかもしれないが、月と月影くらいには異なっているのかもしれない、と。けれども、そのときの私には、両者はほとんど同じくらい輝いて見えた。雑誌のフリーライターから出発して、将来はノンフィクション作家になる人だって、いるかもしれないではないか。

何はともあれ「自由に働いている物書き」なのである。

そんな人に会えるなんて。

いったい、どんな人なんだろう？

めまぐるしく思いを巡らせている私に、上司はさらっと付け加えた。

「そういえば、彼女の年は、水沢ちゃんと同じか、ひとつ下か上か、それくらいだったと思うよ」

女性のフリーライター？　年も私と近い？

うらやましい！　心がそう叫んでいた。心に鳥肌が立っていた。

「一冊丸ごと、彼女にお願いしてるんだ。実力のある人だから」

すごいなぁ、と、たちまち羨望《せんぼう》の渦に巻き込まれながら、自分のデスクにもどったあと、ひとり、妄想にふけった。

二十九歳の女性フリーライター。

新進気鋭のインタビュアー、はたまた、辣腕《らつわん》新聞記者みたいな感じだろうか。右手には愛用のモンブランの万年筆を握りしめ、左手の指には細長い煙草《タバコ》を挟んで、カリカリカリ原稿を書きながら、合間に眉をひそめて煙草を吸い「うーん、ここ、ちょっと違うかしら」なんて、つぶやきを漏らしつつ、今、書き上げたばかりの部分を見直す。美しく組んだすらりと長い足をほどいて、優雅に組み直したあと、眼鏡をきゅっと上げ、きりりとした表情で、ふたたび原稿執筆にもどる。

ファッションは、タイトなスーツに、ハイヒール。肩のあたりでピシッと切り揃えた髪の毛。取材ノートや辞書や本やカセットテープレコーダーやカメラなどがぎっしり詰まって、重いはずのバッグを軽々と肩に掛け、コツコツコツと涼やかなヒールの音を響かせながら、颯爽《さっそう》と取材に出かける。

いいなぁ。素敵だなぁ。勝手につくり上げたフリーライター像に胸をときめかせながら、その人に会える午後二時半を待った。

「こんちには。中村です」

その人は、白っぽいTシャツに、ベージュのコットンパンツ、まっ白なスニーカーで現れた。さわやかで、すがすがしい。いかにもフットワークが軽そう。頭には、おしゃれなキャップ。抱えているのは、大ぶりだけど軽そうな、籐《とう》で編まれた籠みたいなバッグ。これからお弁当を持って、森へピクニックに出かけるのかと思えるようなカジュアルさ。化粧っ気はなし。素肌が輝いている。髪の毛はボーイッシュなショート。私よりも背が低くて、小柄。町ですれ違ったら、高校生か大学生に見えるかもしれない。「颯爽とした雰囲気」だけは当たっていたものの、それ以外の私の妄想は、あっさり打ち砕かれた。

「企業営業部の水沢と申します。本日は、山田に急用ができまして、私が代わりに……」

堅苦しい私の挨拶とは対照的に、中村さんは帽子を脱いで、ぺこんと可愛く頭を下げた。

「了解です。こちらこそ、これからお世話になります。よろしくお願いします」

口調も軽快で、気持ちがいい。

喫茶コーナーで向かい合って、名刺の交換をした。アルバイトの私は自分の名刺を持たされていないので、上司の名刺の下に、自分の名前を手書きで書き添えたものを渡した。

彼女の名刺には、肩書も会社名もなく、ただ名前だけが記されている。和紙みたいな風合のある紙。まんなかに「中村紗英」。ルビはふりがなではなく英語で「Sae Nakamura」。住所と電話番号は裏面に。

うわぁ、かっこいい、と思ってしまう。中村紗英。いかにも腕利きのライターって感じ。

「ありがとうございます。このたびは大変お世話になります」

名刺を受け取り、両手で捧《ささ》げ持ってから、私は深々と頭を下げた。

ぱっと顔を上げたとき、中村さんの笑顔にぶつかった。

人なつこくて、フレンドリーで、垣根のない笑顔、とでも言えばいいのか。この笑顔が、その後の私の運命を大きく動かしてくれることになるわけだが、それはさておき。

茶封筒から資料を取り出して、説明を始めた私の緊張は、みるみるうちにほどけていった。中村さんの受け答えが気さくで、朗らかだったから。

初対面の人の緊張を短時間でほぐす。物腰が柔らかくて、聞き上手。相手から話を引き出すのがうまい。この人にだったら、どんなことでも話せてしまえそう。いつのまにか、私はそんな気にさせられている。

仕事の打ち合わせは三十分ほどで終わって、なんとはなしに世間話に移行した。

中村さんはシングルで、つい最近、長年つきあっていた恋人と別れてしまって「当面、彼氏はいなくていいと思ってるんだ。でも、子どもは欲しいの」などと、まるで私を古くからの友だち扱いしてくれているかのような話しぶり。

釣られて私も、打ち解けた口調になっていた。口調だけではなくて、気持ちも。住んでいる街のこと、借りている部屋のこと、美味しいお店や面白いと思った本や映画のこと。そんな話題と話題の境目を狙って、私はたずねてみた。それが私のいちばん、訊《き》きたいことだった。

「あのー、中村さんって、ほかにはどんな仕事をしてるんですか？」

彼女はさらさらっと、雑誌名や出版社名を挙げた。私の知っている名前ばかりだった。

週刊誌のグラビアページ、各種ガイドブック、企業の社内誌などの取材と執筆。

「定期的な仕事のほかに、不定期で入ってくる仕事があるから、スケジュール調整が大変なの。締め切りが重なると、徹夜もしなくちゃならないし。ギャラと仕事量がまったく釣り合っていない仕事もあるしね」

などと、苦労話も披露されたが、ちっとも愚痴っぽくない。あれこれ話を聞いているうちに、私がグローバル出版のアルバイト情報を得た就職情報誌に、彼女は毎月、コラムの連載をしているということもわかった。

あこがれ度がますます高まっていく。いいなぁ、いいなぁ。

執筆だけで生計を立てている人が、目の前に座っているのである。胸のなかには、彼女にたずねてみたいことがつぎつぎに浮かんでくる。マスコミ業界、特に出版業界には興味津々。だけど、打ち合わせは一時間ほどで済ませて欲しい、と、上司からは指示されていた。中村さんの方に、次のアポイントメントがあるから、と。

膝の上に置かれている左手の腕時計に、中村さんがちらっと視線を落としたのを潮にして、私は居住まいを正した。

「きょうは本当にありがとうございました。お目にかかれて、すごくうれしかったです」

「こちらこそ。とても楽しかったです」

打ち合わせも世間話も別れの挨拶も終わり、茶封筒をバッグに収めて立ち上がり、ビルの出口に向かって歩いていく中村さんのうしろから、未練がましくついていくような形で、私はお見送りをした。

別れがたい気持ちでいっぱいだった。いつかまた会えるだろうか。会えたらいいなぁ、彼女の仕事について、もっといろんな話が聞けたらいいなぁ。

そんな私の胸の内に、中村さんが気づいていたのかどうかは定かではないものの、ガラスの自動ドアの前に立ち、ドアが左右に開いた瞬間、彼女はくるりと私の方をふり返って、小さく片手を上げた。

「ね、よかったら、またどこかでお茶でもしない？　水沢さんと私、なんだか気が合うような気がするんだ！」

彼女の笑顔と言葉は、心の底からのもののように感じられた。私はうれしくなって、思わず小走りで自動ドアまで歩み寄り、彼女といっしょに、会社の外に出た。

「せっかくなので、駅までお送りさせて下さい。上司から頼まれている買い物もしなくちゃなりませんし」

駅までの道を並んで歩きながら、私は思い切って、社内では話せなかったことを切り出してみた。

「ぶしつけな質問ですけど、中村さんのようなフリーライターになるためには、どうすれば……」

　すると、彼女はぱぁっと瞳を輝かせて、隣を歩く私の顔を見た。

「もしかして、水沢さんって、ライターになりたいんだ？」

「いえ、はい、あの、実は、そのつもりで東京へ」

　本当は、目指しているのはフリーライターではなくて、ノンフィクション作家だった。でも、さすがの私も、まだそこまでは言えない。あまりにも身の程知らずだと思えて。

「やっぱり！　なんとなくそうなんじゃないかなぁって、私、打ち合わせ中からずっと、思ってたの」

「そう見えましたか？」

　物欲しげな表情をしていた自分が恥ずかしかった。

「これまでに何か、原稿を書いて、お金をもらった経験は？　見本記事とかはある？」

「ないんです、それが全然……」

「そうなの、経験はないんだ？　まったく？」

　やっぱり無理だよな、経験がないと、と、内心しょげている私に、中村さんはあっさりと言い切った。

「あ、経験なくても、大丈夫。文章書くのが、好きなんでしょ？」

「ええ、すごく。好きということにかけては、自信があります」

「だったら大丈夫。なれるよ、フリーライター」

「ほんとですか！」

「うん、ほんと」

「でも、どうやって……」

「どうやってって、別に方法とか決まりとかはないの。簡単だよ。名刺をつくって、あちこちにばらまいて、フリーライターやってますって言えば、それでなれるから」

あっけらかんと、中村さんは言い放つ。

「……う……」

嘘《うそ》でしょ、って、私は言いたかった。そんな簡単なものなのか！

少し先に駅が見えてきた。鉄は熱いうちに打たねばならない。

「名刺をつくればいいんですね？」

「そうなの、宣言しちゃえば、その日から水沢さんはフリーライター。この業界、経験とはったりさえあれば、なんとかなる世界なのね。水沢さんはまだ経験がないわけだから、その分、はったりと度胸でカバーしていけばいいのよ」

知らなかった。思ってもみなかった。私はてっきり、人は「フリーライター」という肩書を得て初めて、晴れてフリーライターになれるのだと思っていた。しかし、そうではなかった。先に「フリーライター」と名乗ってから、人はフリーライターになるのだ。鶏が先か卵が先か？　要は、発想の転換ということ？

名刺、はったり、度胸、発想の転換。

脳内の手帳に、私はメモ書きをする。はったりと度胸なら、誰にも負けない自信は、ないことはない。つまり、ある。

「で、水沢さんの得意ジャンルはなんなの？」

「え？　得意ジャンル、ですか？」

「フリーライターに必要なのは、得意ジャンルなの。ほら、料理とか、ファッションとか、音楽とか、スポーツとか、政治経済でもなんでもいいんだけど、自分の得意な分野ね、これがはっきりしていないと、仕事を頼む方も声をかけづらいし、かけにくいわけ。ライターとして自分を売り込むときにも、焦点がぼけちゃうでしょ」

なるほど！

名刺、はったり、度胸、発想の転換、得意ジャンル。

さらに、焦点が定まってきた。とはいえ、いきなり「得意ジャンルは」と問われても、どう答えたらいいのか、私は言葉に詰まってしまう。書きたいのはインドの旅行記で、現に書き始めているわけだが、「インド」というのは果たして、得意ジャンルと言えるのかどうか。

即答できないでいる私を、優しく包み込むようにして、中村さんは言った。

「大丈夫。得意ジャンルは、仕事をやってるうちに定まってくるから。ほんじゃ、ひとまず手始めにやってみる？」

「はっ？　やるって、何を？」

虚を衝かれ、まぬけな表情になっている私を見て、中村さんはにっこり笑った。

「フリーライターの仕事。テープ起こしでよかったら、回すよ」

彼女はそう言って立ち止まり、ついさっき私が渡したばかりの茶封筒のなかから、カセットテープの束を摑んで、取り出すではないか。

「このテープ起こし。テープを聞いて、内容をそのまま原稿用紙に書き取っていくの。簡単でしょ。たかがテープ起こし、だけど、これもフリーライターの仕事のうちだし、いい勉強にもなると思うよ。要は、私に一括して任されたライターの仕事の一部を、私から水沢さんに発注するってこと」

ライターの仕事を、私に、発注？

話の展開の速さに、ついていけなくなっている。しかし、差し出されたテープを、私は反射的に受け取ってしまっている。

「さっきも言ったけど、この世界、経験が履歴書みたいなものなのね。売り込みに行くと、必ず『過去に書いた記事を見せて下さい』って言われるの。駆け出しの人は、その『見本記事』がないから、困るのよね」

なるほど、そうなんですね、そういうことなんですね。

「テープ起こしをやってくれたら、実際に記事を書くのは私だけど、水沢さんは、できあがったページ全体を相手に見せて『この仕事を担当しました』って言えるでしょ？　見本記事がひとつ、できるじゃない？　どう？　やってみる？」

目の前に踏切が見えてきた。駅はそのすぐ向こうにある。遮断機が下りるよりも前に、私は決断を下す。

「やります！　やらせて下さい」

「そうこなくっちゃ！」

中村さんはバッグのなかから手帳を取り出すと、素早くページをめくって、締め切り日を告げた。

「絶対に遅れないよう、がんばります」

万歳三唱を叫びたいような気持ちだった。気分だけは、すでにフリーライターになっている。自由な物書きだ。これで、不毛な使いっ走りの日々におさらばできるのかもしれないと思うと、このまま空に舞い上がっていけそうなほど、体が軽い。

半ば前のめりになって、勢いよく踏切を渡っていく私に、中村さんは最後にひとつ、とても重要なことを言い添えるのを忘れなかった。

フリーライターに、なるのは簡単――

書くことが好きで、名刺とはったりと度胸と得意ジャンルさえあればＯＫ――だけど、ライターでありつづけることは、非常に難しい。つまり、雑誌の原稿料だけで安定した生計を立てていくのは、至難のわざ。ベテランのライターでも、仕事が途切れてしまって、ほかのアルバイトをしながら、食いつないでいくこともままある。

「だから、水沢さんも、仕事がしっかりと軌道に乗ってくるまでは、今のバイト、辞めないようにね」

「はいっ！」

締め切りは、カセットテープを預かった日から、十日後だった。

翌日から、アルバイトを終えてアパートにもどると、私は脇目もふらず、テープ起こしの仕事に没頭した。食事の時間、入浴時間、睡眠時間。すべてを切り詰めて、集中している。バイトの昼休みにも、近所の喫茶店にこもって、つづきに着手。それくらいしないと、締め切りには間に合わない分量だった。

九十分のテープが、五本。そこには、大企業から派遣されて、アメリカの大学や大学院に留学した人たちの体験談が収録されていた。インタビュアーは、企業の人事部の人だったり、グローバル出版の営業部の社員たちだったり。私には一生、縁のない有名企業のエリート社員たちが、アメリカでの生活、キャンパスや教室内のようす、英語や英会話に関する苦労話などを語っている。インタビューの内容を、雑誌に載る前に知ることができるのは、なんだかちょっと得したような気分。

テープを流しては止め、流しては止め、止めては流し、もどしては止め、送っては止め、しながら、シャープペンシルで原稿用紙の升目《ますめ》を埋めてゆく。

原稿料は、テープ一本につき、四千円。五本請け負っているから、合計二万円。

たとえテープ起こしであっても、自分の書いた文字がお金になる、ということがうれしくてたまらない。

テープ起こしをしていると、なんとはなしに「インタビューの仕方」がわかってくる。そうか、こういうふうに質問すれば、こういう答えを引き出せるのか、とか、面白い話を引き出したければ、相手にどんどん調子に乗らせることが大事なんだな、とか。中村さんの言った通り、これは「いい勉強」になっている。

思い返せば、中村さんに初めて会った日、私の感じていた「この人になら、なんでも話せそう」というあの垣根のなさは、インタビュアーとして欠かせない条件というか、フリーライターという職業柄、強力な武器になり得る資質なのだと悟った。

ふわぁぁぁぁ。

四畳半の部屋に置いてある文机《ふづくえ》――椅子はない――の前で、私は足を崩してのけぞりながら大きな伸びをして、机の上の腕時計を見る。

真夜中の十二時過ぎ。締め切りまで、あと二日。テープはあと二本、残っている。今夜もほとんど徹夜になるだろう。

立ち上がってキッチンへ行き、お湯を沸かしてインスタントコーヒーを淹《い》れる。

かれこれ半年ほど前、布団だけしかなかったこのアパートで、初めての夜を明かした朝の一場面がよみがえってくる。

あの夜は、布団を部屋に運び込んだあと、とにかく寝る前におなかをいっぱいにしておかなくてはと思い、ふたたび部屋を出て、百合ヶ丘駅の近くにあった、いかにも安そうな定食屋さんの暖簾《のれん》をくぐった。

白い割烹着《かっぽうぎ》の似合うおばちゃんが、ひとりでやっている店。席はカウンターしかない。ついさっきまで工事現場で働いていました、と言いたげなおじさんの隣に座って、コロッケ定食を注文した。ごはんとお味噌汁《みそしる》のお代わりは「無料」と書かれていたので、おなかがはち切れそうになるほど、お代わりをした。

おそらく私が、引っ越してきたばかりで部屋には布団しかない、というような話をしたせいだろうか、おばちゃんは、お金を払って店を出ていこうとしている私の背中――きっと、哀れに見えたのだろう――に「ちょっと待って」と声をかけてくれ、手早く何かを包んだかと思うと「これ、持ってって。あしたの朝にでも食べて」と、手渡してくれた。紙包みはまだ温かかった。中味は、コロッケサンド。柔らかい食パンにコロッケが二個、挟まれていた。

まだ、やかんも食器も何もないから、お茶を淹れることすらできなかった朝、私はコロッケサンドを齧《かじ》りながら、人の情けをしみじみと味わったのだった。

あれから六ヶ月あまりが過ぎた。

部屋には、冷蔵庫、ホームごたつ、衣装ケース、文机のほかに、中古のテレビとステレオまである。テレビとステレオは、企業営業部の二十代の男性社員から譲り受けたもので、ホームごたつと衣装ケースは、大型ゴミに出されていたものを有り難く頂戴した。

台所用品も、曲がりなりにも揃っている。引っ越してから一週間くらいのあいだは、調理器具がフライパンしかなかったので、なんでもフライパンでつくっていた。フライパンでパンを焼き、卵を焼き、野菜を炒め、スープをあたため、お湯まで沸かしていた。

優しいおばちゃんのお店には、今でもしょっちゅう行っている。実はきょうもバイトの帰りに立ち寄って、鯖《さば》の味噌煮定食、味噌汁二杯、ごはん三杯（漬け物はサービス）を食べてきた。自慢ではないけれど、私は痩せの大食いなのだ。

さあ、仕事のつづきにもどろう。

名刺はつくった。

テープ起こし以外のライターの仕事は、まだしたことがない。

引き出しの奥では、書きかけのインドの旅行記が眠っている。

しかし、野望は決して眠ってはいない。

一人前のフリーライターになること。

これは、ノンフィクション作家になるための、最初の一歩に違いない。私はすでに、小さいながらも輝いている、記念すべき第一歩を踏み出したのだ。

ただいま修業中

「お先に失礼します」

午後五時きっかりにタイムカードを「ガチャン」。

きょうもそそくさとグローバル出版をあとにする。

「おや、水沢ちゃん、定時で上がり？　たまには僕と残業でもしない？　美味しい晩飯をご馳走《ちそう》するからさ」

背中から、イノちゃんのお声がかかる。残業とデートを混同している部長のお誘いを、きっぱり断るアルバイト。

「一分たりとも無駄な残業をして、会社に迷惑をかけたくありません。ではまたあした」

アパートにもどると、日曜の午後に一週間分、仕込んでおいた野菜カレーをあたため、うどんの上にかけて、食べる。きょうは水曜日なので、カレーはとろみを増して、味も濃く深くなってきている。日曜日は、ごはんにかけて普通のカレーライス。月曜日は、輪切りにした茹で卵を添えて華やかに。火曜日は、カレーそば。水曜日は、カレーうどん。木曜日は、コロッケを添えてパワフルに。金曜日は、焼き飯に混ぜてドライカレー風に。土曜日は、さすがにカレーには飽きてしまっているだろうから、駅前の行きつけの定食屋さん「すみれ食堂」で外食することになるだろう。

カレーなる夕飯を済ませると、てきぱきとあと片づけをし、四畳半の部屋の文机の前に直行する。そして、座布団の上に正座。机の上には、きのうの夜から整えて置いてある七つ道具が、私を待ってくれている。

シャキッと削った2Bの鉛筆、十本（赤鉛筆も一本）。

手で回す鉛筆削り。

消しゴム。

ペラと呼ばれている二百字詰めの原稿用紙（旅行会社のロゴマーク入り）。

国語辞典。

地図。

借用写真、および、ポジフィルムの束。

名づけて「フリーライターの七つ道具」。

あ、もうひとつ、あった。ずっしりと重い道具が。

一週間ほど前、アルバイトの帰りに下北沢のコーヒーショップで、フリーライターの中村紗英さんに会って、打ち合わせをしたときに受け取ってきた封筒を取り上げ、その中身を机の上に並べる。おごそかに、しずしずと。

他社数社から発行されているガイドブックの類似記事のコピー。この仕事の依頼主でもある旅行会社から発行されているガイドブック数冊。ホテルや旅館のパンフレット、および、観光案内所などに置かれている無料の観光案内書や小冊子。

コピーと書籍とパンフレット類を参考にして、これらとは似て非なる記事を書くのが、私、水沢菊香の仕事なのである。

中村さんから電話をもらったのは、先々週の週末だった。

「水沢さん、その後、調子はどう？」

どう、と問われても、答えようがなかった。名刺はつくったし、「私、フリーライターやってます」と、毎日、小さな声でつぶやいてはいたものの、どこからも、誰からも、仕事の依頼など来ないから、当然のことながら、相も変わらず人使いの荒いグローバル出版で、来る日も来る日もくるくるくる回される地球儀のように働いていた。

そんな私に、

「こんな仕事があるんだけど、よかったら、やってみる？」

今度はテープ起こしではなかった。

なんと中村さんは、れっきとした原稿執筆の仕事を回してくれたのである。聞けば、大もとの依頼主は、日本で最大手の旅行会社。その旅行会社では「旅行記&旅のエッセイ賞」という名の賞を設けており、実はこの賞、インドの旅行記を書き上げたら応募してみようと、私がひそかに狙いを定めていた賞でもあった。

「やります。やらせて下さい、喜んで！」

受話器の通話口を呑《の》み込んでしまいそうな勢いで、この仕事を引き受けた。

「予算の関係で、取材はいっさいなし。だから水沢さんは、資料だけを見て原稿を書くわけ。写真も、先方さんから借りたものを使うことになっていて、候補の写真はすでに揃っているの」

下北沢で封筒を受け取った日、中村さんは、仕事の内容について、詳しく説明してくれた。それによると、この仕事は【大手旅行会社→編集プロダクション→フリーライターたち】というふうに、上から下へと流れてきており、まんなかに挟まっている編集プロダクション、略して編プロの社長、江木《えぎ》諒子《りようこ》さんは、中村さんの大先輩に当たる人だという。

江木さんはすでに何冊か、自身の著書も出していて、ライターとしては、ベテラン中のべテラン。江木さんのご主人はカメラマンで、夫婦で編プロを経営しているとのことだった。

「江木さんはね、自分も苦労しているせいか、面倒見がよくって、垣根がなくて、すごくいい人だよ。私もさんざんお世話になってるんだ。で、私から、水沢さんのことを推薦してみたら、『ぜひお願いして』って言ってくれたの」

私は受話器を握りしめたまま、頭を下げていた。有り難い。渡る世間に鬼はなしとは、このことだと思いながら。

ガイドブックのタイトルは『北海道はでっかいどう　スペシャル版』。

総ページ数は、一四五ページほど。大きさは、B5サイズ――大学ノートや週刊誌の大きさ――よりもひと回りくらい大きい。旅行中に持ち運ぶ人のことを考えて、情報量の多さのわりには、薄くて軽い仕様になっている。

私に一括して任されたのは、北海道の「浸かりたい温泉」全六ページ。三見開き。そこに掲載される予定の温泉は、編プロサイドですでに選ばれていて、合計五十カ所とちょっと。温泉一カ所につき、十五字詰め×十五行前後（＝二二五文字）でまとめる。

つまり私は、知りもしないし行ったこともない土地にある、泊まったこともない旅館やホテル、浸かったこともない温泉、食べたこともない料理などについて、原稿を書こうとしているのである。

締め切りは二週間後。

十四日で温泉五十カ所。

従って、一日のノルマは三、四カ所。

午後九時半。

執筆開始から、およそ二時間半が経過している。

コリコリコリコリ……

原稿用紙の上を、鉛筆が滑ってゆく。この頃の私は、シャープペンシルではなくて、鉛筆を愛用している。なぜか、鉛筆の方が、指にしっくりと馴染《なじ》む気がして。原稿用紙という「紙」にも、鉛筆という「木」が馴染んでいるような気がする。書いているのは言の「葉」だし。なんて思いながら、ふと手を止めて、ため息をつく。

ああ、温泉か、いいなぁ、秋の温泉、いいだろうなぁ。湯煙に包まれて、ゆったり、ほっこり、柔らかなお湯に浸かっていると、どこからともなく、はらりと舞い落ちてくる落ち葉。指でつまんでそっと拾い上げると、それはほんのり赤く色づいている、もみじの葉っぱだった……

おっと、いけない。

我に返って、ついさっき書いたばかりの一文字を消しゴムでごしごし消して、正しく書き直す。一桁《けた》の数字は全角、二桁以上は半角、という決まりがあったのを忘れていた。

細かい決まりは、ほかにもたくさんある。句読点の数は、一行に二つ以内。一文は、三行以上の長さになってはいけない。地名や固有名詞には適宜ルビをふり、強調したいフレーズやキーワードや重要な名称などには、赤鉛筆でゴシック体指示を入れる。温泉一カ所の記事に、改行はいっさいしないこと。原稿の最後の一行は、八割以上、埋めること。つまり、最後の一行が一文字や二文字で終わっていてはならない。各文の文末は、同じフレーズのくり返しになってはならない。体言止めは、各記事につき一回以内にとどめる。全記事の末尾には、巻末の地図上で温泉の所在地が確認できるように、地図のページと場所を示す数字と記号を書き入れる。借用写真のなかから、記事に見合った一枚を選んで、原稿用紙の右すみに、クリップで留めておく。もちろん、それぞれの記事にはタイトルも必要。タイトルは、五文字以上、七文字以下。

神経をすり減らしながら、手間暇をかけて、温泉一カ所の原稿を仕上げるのに、私の場合、最低でも一時間から一時間半くらいはかかる。

原稿料は、一ページにつき、一万円（源泉徴収税が引かれるので、手取りは九千円）。一ページに収まる温泉はだいたい八つか九つなので、温泉一カ所につき、約千円の原稿料ということになる。これが、安いのか、高いのか、私にはわからない。たぶん安いのだろう。でもこれは、フリーライターとしての貴重な修業なのだ。修業中の身の上なのに、お金がもらえるなんて、こんなお得な話はないではないか。

コリコリコリ……

秋の夜長にひとり、仕事をしている。孤独だけれど、指先から、確かに何かを生み出しているという実感がある。原稿用紙を文字で埋めていく行為が、こんなにも楽しいとは知らなかった。こんなにも楽しいことをやらせてもらって、お金までもらっていいの？　そんな心境である。

コリコリコリコリ……

はぁ、肩、凝ったぁ。首も痛いし、背中も痛い。ああ、温泉に浸かって、この凝りと痛みをほぐせたら、どんなにいいだろう。

鉛筆を置いて、何気なく自分の手のひらを見る。右手の小指の下の方が、鉛でうっすらと黒くなっている。書き上げた原稿用紙の束を手に取り、机の上でトントンと整える。

今夜のノルマは、なんとか果たせた。時間は？

午後十一時四十五分。

心身ともに疲れ果てている。でも、悪い感じじゃない。達成感が濃い。グローバル出版の小間使いからは得られない充実感に満たされている。

カレンダーに赤丸を付けてある、締め切りの土曜日まで、あと二日。残りの温泉は、あと十カ所弱。書き終えた温泉は、リストに花丸を付けてある。順調だ。あしたとあさって、七時から十二時までの五時間がんばれば、全五十カ所を完成できる。楽勝だ。

よし、今夜の修業は、ここまでとしよう。

温泉の代わりに、熱いお風呂に浸かってから寝よう。

文机の前から離れて、立ち上がろうとした私は、次の瞬間、だるまさんみたいに畳の上に転がってしまった。足が痺《しび》れて、痺れ過ぎて、痺れているという感覚さえ失っていたのである。


締め切りの日がやってきた。

きょうは土曜日なので、アルバイトは午後三時まで。その帰りに渋谷に立ち寄って、仕事の依頼主の江木諒子さんに、できあがった原稿と写真一式を渡すことになっている。

江木さんに会うのは、きょうが初めてだ。電話で話したことはあるけれど。

ゆうべ、夜なべで最終仕上げをした原稿の入った、ぶあつい茶封筒をバッグに忍ばせて、渋谷の雑踏の、いったいどこから湧《わ》いてくるのかわからない泉のような人波を、平泳ぎさながらに掻《か》き分けながら、江木さんから指定されていたホテルの一階にあるティールームに向かった。緊張感と高揚感で、胸がはち切れそうになっている。

「ほんとに気さくな人だから、なぁんにも心配しなくていいよ。売れっ子ライターで、仕事はいつも手いっぱい抱えているから、頼めばいくらでも仕事を回してくれると思うよ」

と、中村さんは言っていた。

気さくな中村さんが「ほんとに気さく」と言うのだから、相当に気さくな人なのだろうと、思ってはいた。

まったくもって、その通りだった。

「こんちは。あ、初めましてよね。水沢さん、江木です。よろしくね。今回はけっこうきつい仕事を引き受けてくれて、ありがとう。助かりました」

江木さんは、まったく実績のないひよっ子ライターの私を、一人前みたいに扱ってくれた。中村さんの言っていた通り、垣根というものを持たない人だと思った。それは、とりもなおさず、彼女が自分の生き方や自分の仕事に自信を持っているからなんだろうなと、私は納得した。

互いの自己紹介は電話で済ませてあったので、江木さんは席につくなり、

「じゃ、いただいた原稿、ちょっと見せてもらうね」

と言いながら、私が手渡したばかりの封筒から、原稿の束を抜き出した。

「お願いします」

打ち解けていた気持ちが一瞬にして、ピーンと張り詰めてしまう。緊張のあまり。

「わあ、水沢さんの字って、きれいなのね。これは、読みやすくていいわ！」

ほっと胸を撫《な》でおろす私。ちょうどそのときテーブルに届けられたコーヒーカップを手に取り、ひと口だけコーヒーを飲んだ。

江木さんはつかのま、黙って、手もとの原稿に目を落としていた。原稿用紙は全部で、百枚くらいある。温泉一カ所につき、ペラ二枚だから。

十数枚くらいめくったあと、江木さんはやおら顔を上げて、私の方を見た。

目と目が合った。江木さんは、笑顔だった。が、私の顔は、凍りついてしまった。なぜなら、笑顔の江木さんの、目だけは笑っていなかったから。

「この原稿、まずいわ」

いきなりダーツが一本、顔面に突き刺さった。

「あの、どこが……」

江木さんはバッグのなかから赤のボールペンを取り出すと、テーブルの上に置いた原稿に、線を引いたり、波線を引いたり、四角で囲んで大きくバツを付けたり、レの印を付けたりし始めた。

「ここも、ここも、だめ。それにここも、ああ、もう、信じられない」

あっというまに、私の原稿は、まっ赤っかになってしまったではないか。まるで、目の前で、マジックを見せられているかのような早わざだった。

「たとえば、ここね。ここなんて、全然だめよ。これじゃお話にならない」

私は椅子から身を乗り出すようにして、江木さんが赤ペンでぐいっと押さえている箇所を見る。おそるおそる。そこには「雪深い山里に、ひっそりと眠る秘湯」と書かれた私の文字。

「こんな陳腐な表現じゃ、だめなの。ねえ、水沢さん、あなた、読者を甘く見てない？　みんな、お金を払って、なけなしのおこづかいをはたいて、この雑誌を買うのよ。そういう人のことを、ちょっとは考えてみて。これって、買った人に損をさせない記事だと言える？」

もう、ダーツどころの騒ぎじゃない。これは金槌《かなづち》だと思った。金槌でガツーンと頭を打たれた感じ。

江木さんは優しげな笑みを浮かべたまま、しかし容赦《ようしゃ》なく私を叩《たた》く。

「言っておくけど、北海道の温泉にはね、たとえ実際には行ってなくても、まるで本当に行って、自分の目で見てきたように書かなきゃ、だめなの。それができなきゃ、プロのライターとは言えないし、今後、この業界で仕事をしていくこともできない。小学生の作文じゃないんだから。雪深い山里って、いったいどんな山里なの？　ひっそりと眠る秘湯だなんて、パンフレットに書かれている言葉をそのまま丸写ししたみたいじゃない？」

「いいえ、写してなんか……」

いません、という言葉は、涼やかな江木さんの声にかき消されてしまう。

「そうね、写してはいないと思う。水沢さんは、そんなことはしないとわかってる。でもね、そういう匂いがぷんぷんするのよ。丸写しの匂いが。なんていうのかな、もっと具体的に、風景がちゃんと目に浮かんでくるように、書かなきゃだめ。たとえ取材していなくても、あなたには、想像力というものがあるはずよ」

ショックを受け、激しく打ちのめされてはいるものの、私の頭には、江木さんの言っていることがじわじわと染み込んできている。フリーライターとして、ノンフィクション作家として、仕事をしていくために不可欠なことを、江木さんは今ここで、教えてくれているのだとわかる。

「たったひとつの言葉に対しても、吟味に吟味を重ねて欲しいの。たとえばここね、ほら『猿も浸かりに来る人気の温泉』って、書いてるよね。でももっと、ほかの書き方はできないかな。読んだ人が、へえっ！　て唸《うな》って、うわーそんな温泉なら行ってみたいなぁって、思えるように書くの。たとえば『お猿さんもいい湯だなと鼻歌』とかね」

なるほどなぁと、私は唸っている。同じ十三文字でも、ずいぶん違う。短い文字量だからこそ、常套句《じょうとうく》や月並みな表現ではない、具体的かつ独創的な表現が求められているのだ。「有名な」「美容と健康にいい」「皮膚病に効く」「さまざまあって」「人気集中」「ふんだんに使って」「女性に人気」「おすすめ」といった言葉には、ことごとく、レ印が付けられている。

今までずっと、私は読者の目で雑誌の記事を見てきたのだと気づいた。これからは、書き手の目で読んでいく必要がある。そんなことを思っていた。私は「他人に読ませる」

「読んでもらえる」文章を書かなくてはならないのだ、と。

「限られた文字量のなかに、いかに多くの役立つ情報を、正確に、具体的に、盛り込めるか。しかも、読んで楽しい文章で。そこがライターの腕の見せ所よ。温泉が美容と健康にいいのは当たり前でしょ。そんな当たり前のことをわざわざ書くなんて、それは怠慢ライターのやること」

「あの、私、やり直しをします。させて下さい。あしたは日曜だし、アルバイトも休みなので。月曜の朝まで待っていただけないでしょうか？」

私がそう言うと、江木さんはにっこり笑った。今度は瞳の奥まで微笑《ほほえ》んでいる。

「いいわよ、待つわ。水沢さんの初めての原稿なんだもの。まあ、初めてだと、ここまでできていれば、努力賞くらいはあげられるんだけど、でも、それ以上を目指して欲しいの。いい？」

「はいっ！」

いつのまにか、体中に、気合いがみなぎってきている。自慢ではないけれど、落ち込みからの回復力とその速さには自信がある。しかも、打たれ強い。成田空港ではストリップをやらされ、百合ヶ丘では布団をかついで坂道を登った実績もある。

別れ際、江木さんは最初の優しい笑顔にもどっていた。

「ずいぶん厳しいことを言ったけど、この仕事、レベルを下げて楽をしようと思えば、いくらでもできるのね。でも、手抜きをしたら、ライターはお仕舞いよ。編集者の目はときどき節穴のこともあるけど、読者は鋭いの。だから、自分で自分の原稿に課す合格基準は、できるだけ高く設定しておくこと。いろんなライターがいて、いろんな雑誌に、いろんな記事を書いてる。だけど、手抜きの記事は、誰が読んでも手抜きだとわかるの。見る人はちゃんと見てる。そのことを忘れないでね」

私はそのとき、引き出しの奥に仕舞い込んであるインド旅行記のことを思い浮かべていた。あの原稿も、一からやり直さないといけないのかもしれない、と。

すみからすみまで書き直して、月曜の早朝、アルバイトに行く前にオフィスまで届けた原稿は、無事「合格」をもらえた。

「よくがんばったわ。水沢さんには根性がある。見直したわ。あなたの原稿には、いい意味での野心のきらめきを感じた。この仕事、誠実も真面目《まじめ》も大事だけど、野心も大事なのよ。それがないと、何もかも小さくまとまってしまうでしょ」

野心を褒められたことは、イコール、私の性格を褒められたようで、うれしかった。

北海道の仕事が終わったあと、江木さんはつづけて、同じ旅行会社から来年出る予定の『横浜・食べある記・完全ガイド』の仕事を依頼してくれた。もちろん引き受けた。

横浜の仕事は、取材して原稿を書くことになっていたので、観光案内所や、レストランやホテルやお店や、各種施設や美術館や博物館などに電話をかけてアポイントメントを取り、カメラマンを手配し、取材に出かけていって話を聞き、その後、記事にまとめる、というフリーライターのフルコース【店の選択、アポ取り、取材、執筆】を経験することになった。

週末はたちまち、取材のスケジュールでびっしり埋まってしまった。取材だけではなくて、撮影に立ち合う必要もある。

任されたページ数は、二十五ページ。

取り上げるべきお店や場所は、ゆうに二百を超えている。

依頼から締め切りまでは、およそ一ヶ月弱。

九時から五時まで、グローバル出版でアルバイトをしていたのでは、到底、こなせない仕事量だった。また、レストランやカフェの場合、お客さんの多い土曜の夜や日曜の取材を嫌がるお店が多く、平日の午前中ならOKと言われるケースが多発した。

私は悩んだ。

アルバイトを辞めて、真の意味でのフリーランスになるべきかどうか。

今回、二十五ページ分のこの仕事をこなせば、手取りの報酬は二十二万五千円。しかしながら、その次の月、つまり、横浜の仕事のあとに、また仕事が入ってくるかどうかは、まったくわからない。幾ばくかの貯金はある。しかしながらそれはすずめの涙の金額でしかない。この備えには、憂いだけがつきまとっている。

さて、どうするか？ 使いっ走りを辞めるか、辞めないか、それが問題だ。

私は岐路に立たされていた。

友人の大半は、私がアルバイトを辞めることに異を唱えた。会社員、のみならず、専業主婦の友人からも反対された。実のところ、賛成派だと思っていた中村さんも江木さんも、反対者に含まれていた。理由はさまざまだった。「まだ早い」「もっとしっかりと足場を固めてから」「独立するべき」「旦那を見つけてから、辞めるべき」「寄らば大樹の陰よ」などなど。昔から、ネガティブな意見は話半分に聞き流し、ポジティブな意見は二倍に拡大解釈する、というおめでたい耳を持っている私だったけれど、「無謀」「無茶」「無理」と、あまりにも反対され過ぎて、日々、気持ちが揺れ動いていた。

「思い切って、飛び込んでみたら？」

ただひとり、背中を押してくれたのは「すみれ食堂」のすみれさんだった。

そう、引っ越し初日の夜、布団と不安以外には何も持っていなかった私に、アツアツのコロッケサンドを持たせてくれた、情け深い食堂のおばちゃんは「すみれ」という可愛らしい名前の持ち主だったのである。

その夜も、横浜取材から、くたくたになってもどってきた私に、いなり寿司をおまけに付けてくれた――注文したのは、鯵《あじ》フライ定食――すみれさんに、私は問わず語りで相談を持ちかけてみた。常勤アルバイトを辞めてしまっていいものだろうか、と。

「なんとなく、心細いんですね。定時のない仕事、定収入のない生活に踏み込むのが。足もとがすぅすぅするみたいで。スカートの下にパンツをはかないで歩いている、みたいな感じで。でも、今のままじゃあ、ライターの仕事もなんだか中途半端になりそうで、いやなんです」

間髪を容《い》れず、すみれさんは言った。

「菊香ちゃん、人生は、片道切符よ」

この言葉は、それから長く、私の心の支えになる。仕事が途切れたり、金欠病に悩まされたりしているとき、私は彼女の言葉を思い出しては「負けない！」と、自分に発破をかけることになる。

すみれさんはつづけた。

「だから、帰りの切符なんて、持たなくていいの。どんどん前に進みなさい。若い頃の苦労は、買ってでもせよ。清水の舞台は、飛び降りるためにある。私もね、このお店を持つとき、それまで勤めていた会社をすっぱり辞めたのよ。でも、後悔はしていないわ。店が軌道に乗るまでは本当に不安定だったけれど、逃げる場所がないだけに必死になって働いたのね。それがよかったんだと思うの」

片道切符という言葉に、勇気をもらった。

逃げる場所がないだけに必死になった、という言葉が胸に響いた。

そうだ、逃げ場所をつくってはいけないんだと思った。「フリーになる」ということには、半端ではない覚悟が求められている。覚悟に裏打ちされた野心こそが、目標の達成に大きく貢献してくれる。それに、ノンフィクション作家だって結局、フリーランスの物書きではないか。

将来、本物のノンフィクション作家になるためにも、帰りの切符や逃げ込む場所を持つべきではない。二足のワラジではだめなのだ。いつまでも「修業中」という看板を上げておくわけにはいかない。不安でも、不安定でも、この一本道を、引き返すことなく進もう。

部屋にもどって、退職願を書いた。

下手な鉄砲も数撃ちゃ作戦

フリーライターになって、三ヶ月が過ぎた。

インドで発生した台風「菊香」が東京に上陸してから、ちょうど一年が経過したことになる二月、フリーライターの仕事がぷっつりと途切れた。

朝から部屋の掃除をし、洗濯をし、お布団を干し、鉢植えの草花にお水を与えて、駅前寝っ転がって本を読み、音楽を聴き、だらだらとテレビを見る。ひとりでぼそぼそと食事をする。部屋にもどって料理をし、ひとりでぼそぼそと食事をする。

ああ、情けない。

暇を持てあましながら、いらいらしながら、時間を無駄に消費している。

こういうときこそ、途中で止まってしまっている「インド旅行記」のつづきをコツコツ書き進めればいいのだろうが、ひとたび、書いた原稿がお金になるという味を知ってしまうと、お金になるかどうかもわからない原稿を書くのが虚《むな》しく、無味乾燥な行為だと思えてならない。

三ヶ月前、グローバル出版のアルバイトを辞め、フリーライターとして出発したときには、仕事は手だけではなくて、足にも余るほどあった。

江木さんから請け負った、横浜のガイドブックの取材と執筆。中村さんが回してくれた、就職情報雑誌のグラビアページ「東京の下町」の取材と執筆。これらに加えて、グローバル出版の編集部の人が依頼してくれた、留学情報雑誌の特集記事「アジアからの留学生に聞く」のインタビュー取材と執筆。この仕事は、もと上司のイノちゃんが「水沢さんがフリーライターになったので、仕事があったらどんどん発注してあげて」と、各編集部に声をかけてくれたことによって、実現した。使いっ走りの日々にもそれなりの意義はあったということか。

横浜、浅草、錦糸町、谷中《やなか》、日暮里《にっぽり》などを歩き回りながら、井の頭線の駒場東大前駅にある留学生会館に足繁く通う日々。フリーライターに要求されているのは、執筆力のみならず、体力であると、痛感する日々でもあった。

留学生へのインタビューは、マレーシア、スリランカ、フィリピン、インドネシア、中国、台湾、インド、シンガポール、タイ、韓国、と、合計十カ国から来日している学生たちに話を聞くことになっていて、なかには、日本語がほとんどできない人もいたので、汗と恥をかきながらの英語によるインタビューを決行しなくてはならなかった。フリーライターには、英語力も要求されるのだと思い知らされた。

非常に有り難いことに、江木さんも、中村さんも、留学雑誌の編集者も、できあがった雑誌の奥付や記事の末尾に「取材・構成・執筆　水沢菊香」などと、私の名前を掲載してくれた。どんなに小さな活字であっても、読者が誰ひとりとして目を留めないような場所であっても、名前が載るのと載らないのでは、大違いだ。「署名記事」——執筆者の名前が掲載されている記事——とは、フリーライターにとって「通行手形」のようなもの。手形は確かに手に入れた。「よくやった」と自分を褒めてやった。前途は幾分か、明るくなった。

しかしながら、そのあとがいけない。あとが、つづいていない。

スケジュール帳がわりに使っている手帳をめくりながら、大きなため息と小さなため息を交互につく。来週も、さ来週も、来月も、さ来月も、ページはまっ白だ。取材の予定も、原稿の締め切りもない。黒々とした、不安だけがある。お先まっ暗とは、まさに今の私の前途のことである。

かかってこないかなぁ、仕事の依頼の電話。

普通預金の通帳の残高は、あと七万円弱。

三月の家賃を払ってしまうと、あとには二万円しか残らない。

留学雑誌の原稿料が振り込まれるのは、雑誌の発行の翌月、四月二十五日だと聞かされている。ということは、これからおよそ二ヶ月あまり、二万円でやっていかなくてはならない？　電気代と水道代と電話代の引き落とし日は、いつだったたっけ？　残高不足で止められてしまう順番は確か、ガス、電気、水道だった。とりあえず、ガスなしでいつまでやっていけるか。

胸のなかを、冷たいすきま風が吹き抜けていく。心細い。心もとない。切れる寸前の電球みたいな気持ちだ。思わず知らず、台所に置いてあるクリーム色の電話機に目をやって、私は祈る。

お願い、かかってきて！

お願い、鳴って！　鳴り響いて！

どんなに念じても、鳴らないものは鳴らない。

うーん、仕方がない。こうなったら、最後の手段を使うか。困ったときの親頼み。絶縁状態になっている実家の両親に電話をかけて白旗を掲げ、これまでの不義理と親不孝をいっしょうけんめい詫《わ》びて「久しぶりに、岡山の美味しいお米と、おばあちゃんの漬けた梅干しが食べたいので、送って」と、泣きついてみるか。そして当面のあいだ、ごはんと梅干し、または、梅干し入りのおにぎりでしのいでいけば、食費はかなり切り詰めることができる。

そこまで思ってから、「駄目だ、そんなことしちゃ！」と、激しく打ち消す。

そんなことをしたら、元の木阿弥《もくあみ》じゃないか。敵の思う壺《つぼ》じゃないか。

かつて私が「インドを旅して、帰国後には旅行記を書く」という計画を打ち明けたとき、両親は口を揃えて言った。

「そんなアホな考え、今すぐに捨てた方がいい」

「インドへ行って、もどってきたら、ノンフィクション作家？　馬鹿も休み休み言え」

頭ごなしに否定された。なにしろ、大学を卒業したあと「会社に就職する」と言っただけで、反対した両親である。会社に就職するよりも、結婚して「夫に永久就職しろ」と言った親である。親の言う通りにして、失敗した娘である。もう二度と、同じ過ちはくり返したくない。

「反対されても、行きます」

と、息巻く私に対して、

「行くなら勝手に行け！」

「行くなら、もどってきても、うちには、おまえの居場所はないと思いなさい」

「バカにつける薬はない！」

「今に泣きを見るに決まっている！」

などと、固い石のような言葉を投げつけられた。

家を出てくるときに、心に固く誓ったはずだ。もどってくるものか。頼まれても、もどらない。これからは、実家を頼らず、親を頼らず、女一匹、たくましく健気《けなげ》に生きていくんだ、と。

その決意は、今も変わらない。大志は抱きつづけている。輝ける野望も、美しき野心も健在だ。けれども悲しいかな、仕事がない。私は金欠病にぜいぜい喘《あえ》いでいる。とにかく、三月の生活費を稼ぐために、すぐにお金になるような仕事を探さねばならない。

電話が鳴っている！

私はそのとき、シャワーを浴びていた。お風呂ではなくて、シャワーだ。少しでも水道代とガス代を節約するために。

丸裸のまま飛び出して、一糸まとわぬ姿で受話器を摑んで取り上げた。台所の床は水滴でびしょびしょになっている。

「はい、もしもし、水沢ですが」

「あ、水沢さん、元気？」

電話の主は、江木さんだった。

「はい、なんとか、いえ、実はまったく元気じゃないです」

「そうだったの。でもね、元気を出して。ちょっといい話があるのよ」

仕事の依頼か？　喉から手が出るほど欲しい、仕事の依頼か？

依頼だった。しかも、ビッグなおまけ付きの。

仕事の内容は、原稿の清書。ある大学教授が手書きで書いた論文をきれいに書き直す作業。四百字詰めの原稿用紙に換算して、約千五百枚程度。雑誌の仕事ではないので、報酬は江木さんの編集プロダクションから、できるだけ早く振り込んでくれるという。

「お引き受けします！」

これで深刻な金欠病ともおさらばだ。

それだけではない。「ちょっといい話」の方は、ちょっと、じゃなくて、すごくいい話だった。

江木さんの知り合いのライターがワープロを買い替えることになって、それまで使っていたワープロを誰かに「タダで」譲りたいと言っているという。

「タダでいいんですか？」

もしもそうなら、棚からぼた餅どころの騒ぎじゃない。

「そうなのよ。彼女にとっては、愛着もあるし、捨てるには忍びないし、誰かがもらってくれて、喜んで使ってくれるとうれしいなって。で、まっさきにあなたのことが頭に浮かんだわけ。かなり古い機種なんだけど、平気？」

私が貧乏で、生活費を稼ぐのがやっとで、ワープロを買うお金などなく、いまだに手書きで原稿を書いているのを、江木さんは誰よりもよく知っている。

「平気です！　大喜びで使わせていただきます！」

その瞬間、私の頭には、あるアイディアがぽっかりと浮かんでいた。まるでお月様のように。私の暗い前途を照らし出す、神々しい光のように。そうだ、ワープロがあれば、あれができる。あの作戦が、いよいよ実行できる。願ったり叶ったりとはこのことだ。


三日後、宅配便で届けられたワープロは、貸金庫みたいにでっかくて、小型テレビみたいなモニターが付いていた。いかにも頼りになる奴といった面構えである。

論文の原稿の打ち直し作業を進めながら、さっそく作戦を開始した。

まず、挨拶と自己紹介の手紙――いわゆる履歴書を兼ねている――をワープロで打つ。

これまでに引き受けた仕事の一覧表を作成する。これらを印字し、名刺と署名記事のコピーを添え、折りたたんで封筒に入れ、出版社や雑誌社にバンバン送りつける。名づけて「下手な鉄砲も数撃ちゃ作戦」。

できあがったワープロ文書を見て、私は悦に入った。いかにもプロフェッショナルなライターの作成した、洗練された営業レターという雰囲気が漂っているではないか。さすがはワープロだ。肉筆の手紙のコピーでは、こんな玄人感は演出できない。

さあ、お次は封筒の宛名書き。これは、一通、一通、手書きで丁寧に。図書館でコピーしてきた雑誌の奥付を見ながら。

「編集部御中とか、編集長様とか、そんなんじゃ駄目だよ。会社に大量に届くダイレクトメールに紛れちゃって、開封されないまま、ごみ箱行きになっちゃう。雑誌の奥付には必ず、『編集人』か『編集長』の名前が出ているはずだから、その名前を、封筒に書いておくの。個人名が書かれていれば、一応、本人のデスクまでは届くはずだから」

と、貴重なアドバイスをしてくれたのは、中村さんだった。

彼女も駆け出しの頃にはそうやって、新たな依頼主を獲得し、仕事の幅を広げてきたという。

「自己紹介文のところには、得意ジャンルも書き添えておくこと」

もちろん、抜かりなく書き入れてある。

フリーライター水沢菊香の得意ジャンルとは？

何しろまだ三ヶ月ほどの実績しかないので、とりあえず「国内外のガイドブック全般、旅行関係、留学関係、英語学習関係、働く女性、女性の自立、各種インタビュー、各種取材、その他、ご依頼に応じて柔軟に対応できます」などと書いた。「働く女性」と「女性の自立」については、得意ジャンルというよりは、興味を持っているテーマということになる。はったりでもなんでもいいから、かましておかなくてはならないと思った。紹介文の下書きを書き上げたあと、「旅行関係」のうしろに「インドに強いです」と書き加えた。こうなったらもう、破れかぶれというか、苦しまぎれというか。

ダイレクトメールの送り先の大半は、女性雑誌である。女性雑誌のほかには旅行雑誌、就職情報誌、英語学習雑誌、健康雑誌、留学雑誌などなど、とにかく、送って、送って、送って、送りまくった。

下手な鉄砲、少なくとも、百五十発は撃った。

その結果は?

なんと、発送してから一、二週間ほどのちに、立てつづけに二社の編集部から、電話がかかってきた。江木さんからも中村さんからも「百社に送ったとして、うち一社から反応があればすごいラッキー」と言われていただけに、二社というのがうれしかった。一社でラッキーなら、二社は、二倍のラッキーだ。

いちばん乗りは「レモンページ」という名前の雑誌で、版元は大手のデパートを親会社に持つ編集プロダクションである。

電話の主は、編集長だった。編集長がじきじきに電話をよこしてくれた、というだけで、なんだか足の裏が床から五センチほど、浮いてしまったような気がした。

「お手紙、拝見しました。まずは一度、水沢さんにお目にかかって、いろいろとお話をおうかがいしたいと思いますが、ご都合、いかがでしょう?」

ご都合? そんなの、いいに決まってます。

「来週のどこかで、空いている日は、ございますか?」

ございます、ございます、来週もさ来週も、今週だって、スカスカに空いてます。

さっそく面会の約束を取りつけて電話を終え、翌週の頭に、私は意気揚々と「レモンページ」の編集部に出向いていった。

案内された会議室のような小部屋で、編集長、副編集長、編集スタッフの三人が、私を待ってくれていた。三人とも、女性である。三人とも、美人である。三人とも、お洒落《しゃれ》である。場所は銀座。私は異邦人だ。銀座の街になど、今までも今もこれから先も一生、縁がないのは明らかだ。なんだかドギマギしていた。三人の女性がまぶしくて、自分が場違いなところに来てしまったように思えて、それだけでもう、たじたじとなっていた。

しかし、会話は弾んだ。至ってなごやかな時間が流れた。私にはそう感じられた。

「最近、どんな映画を観ましたか？」

「好きな写真家がいますか？」

「好きな作家は誰ですか？」

「どんなお料理が得意ですか？」

「ゆうべは、どんなものを召し上がりましたか？」

「朝ごはんはいつも、どんな感じですか？」

「ダイエットには関心がありますか？」

ふうわり、ふうわり、エレガントに飛んでくる質問に対して、私は羽をばたつかせながら、懸命に答えた。脇の下に冷や汗が滲《にじ》んでくる。だって、得意な料理なんて、お好み焼きと焼きそばくらいだし、朝ごはんは、前の晩の残り物のことが多いし、好きな作家は多々いるものの、沢木耕太郎以外は純文学系――レモンページのイメージには合わない――だし、とにかく根っからの活字人間なので、好きな写真家の名前なんて、すぐには思い浮かんでこない。

「水沢さんの尊敬している、お料理研究家さんは？」

いない。そんな人は。名前を挙げることさえできない。料理って、研究するものだったの？　なんて、たわけたことを思っている。

「研究家は特にいないのですが、私自身、インドでは自主的に、カレーの研究をしていました」

そんなもの、していない。ただ毎日、朝から晩まで、夢のなかでも、カレー料理を食べつづけていただけだ。だってインドには、カレー料理しかないんだもの。

だんだん、自分の化けの皮が剝がれてくるのがわかる。

そうこうしているうちに、致命的な質問の矢が放たれて、胸にぐさっと突き刺さった。

「水沢さんは、『レモンページ』のなかでは、どのページがいちばんお好きですか？」

さあ、困った。どうする。崖っぷちまで、追い詰められてしまった。

なんとなれば、私、水沢菊香は、今までに一度も、料理雑誌というものを買ったこともなければ、熱心に読んだこともないのである。

ガイドブックの仕事や留学雑誌の仕事をするようになって以来、関連雑誌はいつも丁寧にすみからすみまで読んで、自分の仕事の糧《かて》としたり、お手本としたりしている。しかしながら、料理雑誌までには手が回らなかった。そもそも、料理雑誌に満載されている複雑なレシピを見ながら、手間暇かけて、旦那と子どものために心のこもった料理をするなんて、そんな優雅な生活とは、縁もゆかりもない暮らしをしているわけだし。「レモンページ」については、ダイレクトメールを送るために、図書館で奥付をコピーしただけだ。もちろんそのときに、ぱらぱらと、ページをめくってはみたけれど。

ああ、こんなことなら、事前にきちんと、すみからすみまで目を通してから、ここに来るべきだった。自分の怠慢を悔いた。後悔、先に立たず。阿呆《あほう》で馬鹿でまぬけな私は、「レモンページ」から電話がかかってきた＝「レモンページ」から仕事がもらえる、と、思い込んでしまっていたのである。

そうではないのだ。きょうのこの面会は、「面接試験」だったのだ。そのことに、試験会場で気づくなんて。

「きょうはどうも、わざわざ弊社までお越しいただきまして、ありがとうございました。お目にかかれて、とても楽しかったです。また今後、何か水沢さんにお願いできそうなお仕事が生じたら、こちらから、ご連絡させていただきますので」

四十分ほどの面接試験が終わったあと、編集長はそう言って、涼しげな笑顔を私に向けてくれた。残りのふたりも、にこにこしていた。

「ありがとうございました。ぜひ、よろしくお願い致します」

私は深々と頭を下げた。けれど、顔を上げたときには、悟っていた。「こちらから、ご連絡させていただきます」という言葉は「残念ながら、あなたは不採用です」という意味なのだと。

二社目は、日本文化社である。

発行している雑誌は、月刊「家庭歳時記」。三十代から五、六十代くらいの裕福な主婦層をターゲットにした、ぶあつい女性総合雑誌。お洒落で軽めの「レモンページ」とは違って、こちらは、伝統と格式を重んじる老舗《しにせ》の雑誌、というイメージである。「レモンページ」での失敗に猛反省をしていた私は、面接試験に出かける前に「家庭歳時記」の最新号を買い求め、全ページに目を通した。料理研究家、写真家などの名前も、訊かれたら挙げられるように、リサーチしておいた。

荘厳なたたずまいの日本文化社の社屋の、本館四階に通された私の目の前に現れたのは、三十代半ばくらいに見える、温厚そうな男性編集者がひとり。電話をくれたのも、彼だった。朝から冷たい雨が降っていたけれど、彼のまわりにだけは、ぽかぽかとあたたかい陽の光が満ちているような気がした。穏やかな口調。柔らかな物腰。好感度は抜群である。抜かりなく準備をして臨んだ面接で、最初に飛んできたのは、こんな質問だった。

「水沢さんのご専門は？」

ご専門？　得意ジャンルについては、手紙に書いておいたはずだけど、ご専門とは？　すぐに答えられなくて、一瞬、黙ってしまった私に、彼は助け船を出してくれる。春のそよ風か、小川みたいに、さらさらと。

「たとえばファッション、インテリアデザイン、料理、ガーデニング、茶道、華道、なんでもいいんですけど、そうそう、学生時代は京都にお住まいとのことですが、着物なんて、いかがですか？　お詳しいのでは？」

まったく詳しくない。茶道は、ちょっとだけ囓《かじ》ったことがあるものの、憶《おぼ》えているのは、正座による足の痺《しび》れのつらさくらいである。着物だって、成人式のときに親に着せてもらったことがあるものの、憶えているのは、帯で締めつけられた胸の苦しさだけである。

「専門と呼べるほどの領域は、まだ確立できていなくて、申し訳ありません。でも、いっしょうけんめい、努力したいと思います」

しどろもどろに答えを返す私に、男性編集者は問いかけてきた。

「では、水沢さんが、小誌のなかで記事執筆を担当できそうなのは、具体的には、どのページでしょう?」

よし、そう来たか、と、私は心のなかで拳を握りしめた。「レモンページ」での失敗をくり返してはならない。気合いを入れて、答えた。この質問に備えて、自分とは縁遠い「お金持ちの主婦向け雑誌」をすみからすみまで、舐《な》めるように検分してきたのである。

「はい、それは、巻末のインタビューページです。毎月、各界の著名人三人に、お話を聞いて、記事にまとめられていますよね? あのページだったら、私にもできると思います。それと、やはりモノクロページの『書評欄』。おすすめの一冊というコーナーでしょうか」

「そうですか」

彼はそう言って、テーブルの上にあらかじめ置かれていた「家庭歳時記」を取り上げると、巻末の該当ページを広げて、自分の手もとに置き直した。腕組みをして、ページに目を落としたまま、言った。

「うーん、残念ながら、このページは、決まった常連ライターさんにお願いしてますねえ。申し訳ありません」

「いえ……」

仕事に関する会話は、それで終わった。面接試験はあっさりと終了してしまった。時間にして、十分もかからなかった。けれども、そのあと、三十分だったか、いや、それ以上も、彼と私のあいだでは、会話が弾んだ——これは、少しあとになって悟ることなのだが、編集者というのは、いろいろなことに興味を持っているし、アンテナも張っているので、たいていの場合、本題とは関係ないところで、会話というのは弾むものなのだ。

インドのことをあれこれ訊かれて、私が面白可笑《おか》しく話すと、彼は笑い声を上げて喜んでくれた。和気藹々《あいあい》。まさに、そういう感じである。

そして、最後は、

「本日は雨のなかをわざわざご足労いただき、ありがとうございました。水沢さんのお話、とても面白かったです。それではまた、何かお願いしたいことがあったら、こちらからご連絡します」

あーあ、おんなじだ、と、思った。「レモンページ」とおんなじだ。「何かお願いしたいこと」など、あるわけがない。彼がそう言ったのは、社交辞令に過ぎない。

二社の面接を経験して、私は痛感した。

こんなやり方じゃ、いけない。埒《らち》が明かない。下手な鉄砲作戦では、太刀打ちできない。運良く弾が当たったとしても、こっちに跳ね返ってくるだけだ。

では、どんな作戦で行こう？

それ以前に、作戦を成功させるためには、何かもっと、強力かつ斬新な武器が必要なような気がする。斬新な専門分野が、稀有《けう》な得意ジャンルが、ほかのライターが持っていないような特別な能力が……あるのか、私には。


ない知恵を絞り、頭を悩ませているある晩、一本の電話がかかってきた。

下手な鉄砲作戦からすでに三週間ほどが過ぎ、専門分野も得意ジャンルも定まらないいま、時にはキャベツ炒めをおかずにして、時には食パンの耳を齧りながら、小金を得るための仕事をこなすかたわら、かたつむりのようにのろのろと、お金にはならないインド旅行記を書いていた。

受話器を取り上げると、若々しい女性の声が耳に流れ込んできた。胸が透くような、きびきびした口調だった。

「こちら、『えんじょいワーキング』編集部の白崎《しらさき》と申します。初めまして。水沢さんでいらっしゃいますね？　ご丁寧なお手紙、ありがとうございました。実は、水沢さんに、企画立案、取材と執筆をお願いしたい仕事があります。来月の第一週号から三回シリーズで、留学特集を組みたいと思っているんです。留学に詳しい水沢さんには、即戦力として、誌面づくりに参加していただきたく、できるだけ早く、打ち合わせをしたいと思います。今週の金曜の午後、弊社までお越しいただけますか。時間については、水沢さんに合わせることができます」

「えんじょいワーキング」は、同種の雑誌のなかではもっとも売り上げ部数の多い、週刊就職情報雑誌である。

版元は、ここ数年、うなぎ登りに業績を伸ばしている、飛ぶ鳥も落とす勢いのあるジョブ・ルート社。会社も社屋も社風も新しく、女性社員の活躍ぶりも目覚ましく、学生にとっても、新卒の人にとっても、人気ナンバーワンの会社であり、旧態依然とした男社会を一掃し、日本社会全体の空気を一気に換気してしまうかのような、颯爽とした風を吹かせている会社でもある。

三度目の正直というか、残り物には福があるというか。遅れてやってきた猫は、幸運の招き猫だった。私に白羽の矢を立ててくれたジョブ・ルート社は、私が初めて自力で取った、記念すべき初仕事の依頼主となった。

第2章　見果てぬ夢へとつづく道

美味しい仕事は恐ろしい

アメリカ留学、イギリス留学、オーストラリア留学。短期留学、長期留学、夏期留学。高校留学、大学留学、専門学校留学、大学院留学。語学留学、企業留学、キャリアアップ留学。ホームステイ、ファームステイ。子連れ留学、シルバー留学、オヤジ留学、ハク付け留学、ハズバンド探し留学、無目的留学、とりあえず、行くだけ行ってみる留学、アバンチュール留学、行けばなんとかなる留学……ああ、駄目だ。こんなの、箸にも棒にもかからない留学だ。

思考能力の低下に比例して、留学の質もだんだん落ちてくる。

うんうん唸《うな》りながら、朝からねじり鉢巻きで取り組んでいるのは、ジョブ・ルート社から請け負った留学特集の第二回、その名も「目指せ！　ワンランク上の留学」の企画書作成。私の提出した企画書をもとにして、編集会議で意見交換や細部の検討などを重ねたのち、正式に企画が通れば、私はさっそく翌日から、アポ取り、取材、執筆に取りかかるという段取りになっている。

「このチャンスをものにして、目指せ！　レギュラーの仕事獲得だね」

と、江木さんが言ってくれた通り、私もそれを目指している。

定期的な仕事というのは、フリーランスで働く人間にとって、喉から手が出るほど、欲しいものなのだ。目指せ！　ワンランク上のフリーライター。経済的な安定はもちろんのこと、心の支えにもなり得る。不定期の仕事が仮に途切れても、空いている時間を心おきなく、自分自身の作品の執筆に使える。私の目標は、目指せ！　ノンフィクション作家なのである。

それにしても、

「いきなり企画段階から任されるなんて、すごいじゃない！」

と、中村さんが言ってくれた通り、ジョブ・ルート社の英断は確かに「すごい」と思った。すごい度胸だ。まだ駆け出しに過ぎない私に、ここまで任せてくれるなんて。

期待に応《こた》えるためにも、大いにがんばろうと意気込んだ。

しかしながら、実際に手がけてみると、この「企画書作成」というのが、なかなかどうして、手強《てごわ》いのである。資料集め、インタビュー、取材、執筆。これらはどれも大好きだ。

こつこつと積み重ねる作業は、得意中の得意だ。けれども、斬新な企画を考え出したり、今まで誰も思いつかなかったアイディアを思いついたりするのは、苦手中の苦手だ。コピーライター的な才能にも欠けている。中村さんの得意としている発想の転換――これが、フリーライターとしての私の今後の課題なのかもしれない――がなかなかできない。だから、人の目を引き、心をつかむような企画書が書けない。まして「時代が何を求めているか」――これは、ジョブ・ルート社の編集部員の口癖みたいなもの――なんて、私には五里どころか、十里霧中なのである。

ああ、でも、なんとかしなくちゃ。

きょうは金曜日。私も参加することになっている編集会議は、来週の月曜日。企画書提出の締め切りは、きょうの午後三時。今は朝の十一時過ぎ。あと四時間以内になんとか仕上げて、買ったばかりのファックスで送らなくちゃ。

ファックスは、必要に迫られ、生活費を切り詰めて購入した。「水沢商店」への設備投資だ。郵便で原稿を送っていたのでは、つぎつぎに襲いかかってくる締め切りの嵐を乗り越えられない。

気は逸《はや》り、気持ちは焦ってばかりいるのだが、肝心のアイディアはまったく浮かんでこない。情けない。

意気消沈したまま、窓の外に目をやると、借景の庭――大家さんの所有している日本庭園――の樹木の新芽、若葉、白やピンクの花々が、春の陽射しを浴びてきらめいているのが見えた。あと数週間もすれば、世の中は、ゴールデンウィークになる。貧乏暇なし、金なし、彼氏なしの私にはまったく関係のない、黄金の一週間。

ふと、浮かんできたフレーズがあった。

「ゴールデンウィーク留学――よく遊びよく学べ」

いいかもしれない。

思うやいなや、駄目だと思った。駄目だ、遅過ぎる。ゴールデンウィーク向けの特集記事なら、遅くとも三月の初めから取りかかっておいて、四月初旬に発行される号に出さなくては。今は四月。来週の編集会議にかける企画は六月に発行される号のもの。ならば。

「梅雨留学――鬱陶《うっとう》しい梅雨を留学で乗り切る！」

あり得ない。

すっかり煮詰まった脳味噌《のうみそ》をほぐすために、私は部屋を出て、新百合ヶ丘駅前にある図書館に出向いた。そこに置かれている雑誌を片っぱしからめくって、参考になりそうな言葉、ヒントになりそうなアイディアをメモ帳に書き抜いていった。「溺《おぼ》れる者は藁《わら》をも掴《つか》む」という方法によって、状況を打開しようと思ったのだ。

図書館にこもって、髪を振り乱し、脇目も振らず、およそ二時間あまりの格闘の果てに、なんとか企画書を完成させることができた。『目から鱗《うろこ》の企画書の作り方』『これが魔法の企画書だ！』『闘う企画書』という本たちにも助けられた。

アパートにもどって企画書をファックスで送信し、身も心もすっきりした私は、軽めで遅めのランチを食べたあと、お風呂掃除と洗濯を同時に始めた。

洗濯機が律儀に働く音を聞きながら、浴槽の内側を無心で磨いていると、電話が鳴った。半分だけぴかぴかになっているバスタブから小型ミサイルみたいに飛び出して、右手にたわしを持ったまま、左手で受話器を取り上げた。

「水沢さんのお宅でしょうか？　江木さんのご紹介でお電話を差し上げております。トラベル・アンド・グルメの山岸《やまぎし》と申します。本日は水沢さんにお願いがございまして、お電話を……」

知らない会社の知らない男の人だ。知らないあいだに、江木さんが紹介してくれたのだろう。奇特な仕事依頼の電話。たわしを台所の流しに向かって放り投げ、メモ用紙の脇に置いてあるスケジュール帳を引き寄せ、ボールペンを握りしめて、背筋をのばした。

山岸さんの話によると、トラベル・アンド・グルメ、通称「T&G」は主に、旅行関係、料理関係の雑誌の編集を請け負っている編集プロダクションで、今回、取材と執筆を依頼していたライターが虫垂炎にかかって手術を受けることになり、あわててピンチヒッターを探していたところ、江木さんが私を強く推薦してくれたのだという。

「水沢さんは、アジア方面と料理関係に詳しいし、英語もおできになるということで、これはもうぜひ、水沢さんにお願いしたいと思いました」

「はあ……あ、ありがとうございます」

アジア方面というのは、私の得意ジャンル＝インドであると知っている江木さんが、インド＝アジアであるという過大解釈のもとに、また、料理関係に詳しいというのは、私が「レモンページ」や「家庭歳時記」に面接に出向いていって振られたという話を思い出し、それを強引にねじ曲げて創作し、そのように言ってくれたのだろうと、容易に推察できた。

「英語ができるといっても、きわめてブロークンな、インド英語なまりの、生粋《きっすい》の日本人英語なんですけど……それに、料理関係といっても、私が詳しいのはインドで毎日、三食、食べつづけていたカレー、カレー味の煮物、焼き物、揚げ物について、だけですし」

口調に謙虚さを滲《にじ》ませている私に対して、山岸さんは満足気に言った。

「それでじゅうぶんです。では次に、このたび水沢さんにお願いしたい仕事の内容をくわしく説明させていただきます」

雑誌名は、同種の雑誌のなかでは人気も売り上げもナンバーワンを誇っている「グルメワールド」。そのあとにつづいた記事のタイトルを耳にして、思わずごっくんと、生唾を呑《の》み込んでしまった。

「いい旅、いい味、大満喫！　魅惑の香港《ホンコン》グルメツアー」

ツアーは四泊五日。大手の旅行会社と航空会社が提携を結んで実施しているパッケージツアーに、私はカメラマン氏と共に参加し、ツアーの全行程を体験し、帰国後、その体験記を書くという仕事。カラーグラビア、合計七ページ。八ページ目にはツアーの広告が載る。いわゆるタイアップ記事である。

香港グルメツアーの体験レポート！

なんて美味《おい》しそうな仕事なんだろう。しかも、初の海外取材。よだれが出そうだ。血が沸き、肉が躍りそうだ。

資料収集も、アポ取りの電話も不要。私はただ飛行機に乗って香港にひとっ飛びし、ツアーバスで香港観光をし、毎日、朝から晩まで美味しい料理を食べつづけ、満足感と幸福感を文章にすればいい。それでお金までもらえる。

こんな美味しい仕事、世の中にある？

ほくほく顔になりながらも、私は、脳内の半分にまだこびりついているジョブ・ルート社の企画書のことを思い出している。次は「香港グルメ語学留学」なんて、どうだろうか。「香港で、グルメを満喫しながら、英語もペラペラに！」。いけるかもしれない？

気もそぞろになっている私の耳に、山岸さんの説明がすいすい流れ込んでくる。

「三日目の日中だけは自由行動ですが、その他の日は、ツアー客の方々といっしょに行動していただきます。自由行動の日は、写真家とふたりで適当に観光やショッピング、あるいはウィンドウショッピングなどをしながら、名所や店や観光スポットの写真を撮っていただければと思います。最も力を入れて取材していただきたいのは夕食時です。レストランと料理の写真を大きく使いたいと思います。料理は全皿、撮影していただきます。グルメツアーですからね。一日目の夜は広東《カントン》料理で、二日目の夜は北京《ペキン》料理で、三日目は四川《しせん》料理……」

はぁぁぁ、なんだかまたお腹がすいてきた。

ぐるぐる鳴るお腹をなだめすかしながら、私はたずねた。仕事を請け負う前に必ずしておかなくてはならない、必要不可欠な質問である。

「内容については、了解いたしました。ところで、スケジュールの方はどうなっていますでしょうか？　旅行の日程と原稿の締め切りなどは」

「それについてはですね、ちょっとお待ち下さい。今、日程表を見てみますので」

そこで、かすかにペーパーノイズが入った。書類をめくる山岸さんの小さな咳払《せきばら》いも。

「ツアーは、来週の火曜日が出発日で、帰国日は土曜日。原稿の締め切りは、その次の週の頭くらいでお願いできましたら、非常に助かります」

「えっ！　そんなに急なんですか！」

「はい、非常に申し訳ないです。何もかもぎりぎりの進行になっておりまして。申し訳ございません」

あんまり申し訳なさそうではない言い方で、山岸さんはそう言った。

スケジュール帳を見ると、幸いなことに来週は、月曜日に予定されているジョブ・ルート社での編集会議以外に、仕事の予定はまだ入っていない。もちろん、会議で企画が通ればすぐにでも取材を始めるつもりだったが、それはさ来週に集中的にやればなんとかなるだろう。だから、火曜日から香港に飛ぶことは可能だ。しかし、土曜日の夕方にもどってきて、原稿の締め切りが次の週の頭というのがきつい。「頭」というのは月曜なのか、火曜でもいいのか、恐ろしくて、たずねることができない。

「さきほども申し上げた通り、料理の写真は大きめに、多めに使います。ツアー客が現地で食べた料理の全写真を出したいと思いますので。ですから、原稿の文字量はそれほど多くはならないと思います」

「どれくらいになりそうですか？」

「それは、デザイン次第なので、今はまだなんとも言えません、ページのレイアウトが上がるまでは。デザイナーさんにはなるべく急いで上げてもらいますので」

そうなのだ。過去にも何度も、煮え湯を飲まされた。デザイナー。これがなかなかの曲者《くせもの》なのだ。たとえば、土曜日に帰国し、日曜と月曜をまるまる、執筆のために空けておいても、レイアウトのできあがりが月曜の真夜中になることだって、あるのである。

「原稿の文字量はともかくとして、料理の写真にはすべて、キャプションが付きますよね？」

この、やたらに細かい活字で組まれるキャプションを、デザイナーの指定した文字数に合わせて書く作業も、苦労と時間ばかりかかって、とんだ食わせ物。

「申し訳ないです。無理を承知でお願いしております。水沢さんには今後もいろいろと仕事をお願いしたいと考えておりますので……」

いつのまにか、かなり申し訳なさそうな口調に変わっている。平身低頭の山岸さんの姿が見えるような気がした。

「よろしいでしょうか？　こんなところで、ご理解いただけましたか？」

理解はできている。よく考えてみれば、いや、みなくても、私にはそもそも「仕事を断る」という選択肢はないのである。仕事がなくて懐がすぅすぅして心細くてたまらなかった時期のことを思い出せば、たとえ火のなか、水の底である。締め切りがあるだけで、幸せだと思うべきだ。それに「今後もいろいろお願いしたい」なんて、最高のシナリオじゃないか。

「わかりました。精いっぱいがんばります」

月曜の午後、ジョブ・ルート社での打ち合わせを済ませたあと、その足でT&Gのオフィスに立ち寄る約束をして、電話を切った。

火曜日の朝、成田空港で落ち合った、初対面の写真家は女性だった。

オフホワイトのコットンのシャツに、ブルージーンズを合わせているだけなのに、彼女のまわりには「華」が漂っている。人目を引くほど美人のカメラウーマンである。聞けば、彼女はもとファッション雑誌のモデルだったという。道理で、このスタイル、この脚線美なのか。

「撮られる側から、撮る側に転職したの。これから五日間、よろしくね」

なんて言いながら、彼女はにっこりと微笑《ほほえ》んだ。

微笑みも、歯並びも、美しかった。歩き方も、笑い方も、しゃべり方も。美人は何をしても美しい。そして、働く女性、仕事で輝いている女性は美しい。

空港からホテルに向かうマイクロバスに乗り込んだ時点で、ツアーの参加者と合流した。合計十二名。ひとりを除いて全員、女性。唯一の男性は老夫婦の片割れ。年代は、二十代から七十代まで。若い女性のグループと中年女性のグループが大半を占めている。

私たちはバスのなかで自己紹介をし、このツアーの体験記が雑誌「グルメワールド」に載ることを伝え、全員から写真撮影の許可も得た。

みんなは拍手をして、喜んでくれた。いい記念になる、思い出になる、自分の写真が雑誌に載るなんて、すごくうれしい、と、取材前から感謝してくれる人までいた。若い女の子たちは、美人カメラウーマンの仕事に関心を抱いたらしくて、あれこれと質問をしている。バスのなかには終始、和気藹々《あいあい》としたムードが漂っていた。

滑り出しは、快調。

このツアーには、飛行機、空港とホテル間の送迎、ホテル&朝食、市内観光、合計四食のディナーが付いている。グルメツアーと銘打っていることもあって、四軒のお店はどこも、有名で一流で、予約なしでは入れない人気のレストランばかりだ。

初日の夜は、広東料理。

金色と赤色が洪水のようにあふれている、絢爛《けんらん》豪華な内装のお店。

思い思いに着飾って、楕円形《だえんけい》の大きなテーブルを囲むツアー客たち。おなかはぺこぺこ、胸は期待ではち切れそう。美人カメラウーマンは優雅な所作で、そんなみんなの笑顔を撮る。みんなは彼女のリクエストに応えて、ピースサインをしたり、食前酒で乾杯したりしている。

やがて、チャイナドレスに身を包んだ細作りのウェイトレスが、最初の一皿を運んできた。何しろ私たちの分を含めると十四人分なので、お皿は、洗面器みたいに大きい。湯気がもうもうと立っている。香りもいい。よだれが出そうだ。

ああ、来た来た、やっと来た。と、思いきや。

テーブルの中央に設《しつら》えられている回転テーブルの上に、ウェイトレスが大皿を置こうとする直前に「待った」がかかった。みんなの口は、あんぐりあいたまま、ふさがらない。

あれーっっっ！　なんでそうなるの！

実際に声が聞こえたわけではなかったが、ツアー客たちはみんな、心のなかで叫んでいたのではないだろうか。なぜなら、自分たちの目の前にやってくるべき期待の大皿が、くいっと方向転換をして、どこかへ行ってしまったからだ。「待った」をかけたのは、美人カメラウーマン。彼女が早口の英語で「そこじゃなくて、ここ」と言って指さした先には、私が彼女に頼まれて、事前に店の人から借りて置いてあった小さな丸テーブル。

ウェイトレスはそこにお皿を置くと、すたこらさっさと去っていった。

さあ、撮影開始である。

彼女は露出計を取り出して素早く露出を計測し、構図を決め、バシャバシャバシャとシャッターを切る。そのたびに、フラッシュが光る。前から、横から、うしろから、ありとあらゆる角度から、撮る。全体像を撮る。細部を撮る。これ以上レンズを近づけると、料理に触れてしまう、というところまで近づけて、撮る。かと思えば、

「水沢さん、ちょっと、そこの椅子、取ってきて」

「あ、はい」

丸テーブルのそばに椅子を置くと、彼女はその上に土足で立って、真上から、大皿を撮る。とにかく撮って、撮って、撮りまくる。一皿につき、軽く二、三十枚は撮ったのではないだろうか。これは旅のスナップ写真ではない。雑誌のカラーグラビアページに載せる

ための写真だ。これくらい撮っておかないと、プロとしては気が済まないのだろう。

ツアー客は全員、ろくろ首状態になって、恨めしそうに、彼女の仕事ぶりを眺めている。じいいいいいっと、まさに、食い入るようにして。自分たちの目と舌が味わうべき料理を、先にレンズに舐《な》められている。味も風味も、カメラに吸い込まれてしまっているかのようだ。苦々しく、忌々《いまいま》しい気持ちになっているに違いない。これは、まずい。私の背中を冷たい汗が流れていく。

「水沢さん、悪い。お皿をあと一センチほど、右に寄せてみて」

「今度はこっちから、レフ板、当ててくれる？」

「違う！　そうじゃない。角度が違うでしょ？」

「もう少し、斜め。手前に傾けるのよ！　ああ、傾け過ぎ！」

彼女の指示は細かく、口調は容赦《ようしゃ》なく厳しく、目つきはするどい。美人は人使いが荒い。最初の頃は、彼女の撮影の様子を興味津々で、わりとあたたかい目で見つめてくれていた人もいることはいたものの、二皿目も、三皿目も、四皿目も、お預けを喰《く》らわされるのだとわかってからは、人々の表情はみるみるうちに強《こわ》ばり、険しくなってきた。店は賑やか過ぎるほど賑わっているのに、我々のテーブル周辺からは笑顔も会話も消えてしまって、まるでお通夜みたいになっている。

それはそうだろう。当然だと私は思った。

みんなは私たちとは違って、自分でお金を払って、決して安くはないこのツアーを「買った」のである。できたてほやほやの料理を、カメラよりも先に食べる権利が、みんなにはある。

　彼女が撮影にかけている時間は、せいぜい一、二分か、長くて三分程度か。けれど、この三分で、料理は確実に冷める。色も香りも落ちる。たかが三分、されど三分。

「ね、もう少しだけ、撮影、速くできない？」

　小声で彼女に耳打ちをすると、きっとした目で睨《にら》みつけられた。

「写真は文章と違って、失敗は許されないの。文章なんて、あとでいくらでも直せるじゃない？　私には、今しかないのよ。日本に帰って現像してみたら、何も写っていなかった、なんてことになったら、どうしてくれるの！」

　そう言われると、私には返す言葉もない。もしも私がライターではなくて、写真家だったら、同じことを言ったり、考えたりしただろうか。答えはイエスだ。人になんと思われようと、仕事の失敗は許されない。

　その日は結局、あからさまな抗議は受けなかったものの、みんなが怒っていることは、一目瞭然だった。ホテルの部屋にもどった私の体には、十二人分のとげとげしい視線が突き刺さったままで、抜くだけでも、痛かった。

　二日目以降、ホテル内ですれ違ったり、朝食のテーブルで顔を見かけたりしても、私たちに声をかけてくる人はほとんどいなくなった。

三日目の夕食時には、ツアー客は半分に減っていた。こうなったら、自腹を切ってでも別のレストランへ行って、カメラに犯されていないアツアツの料理を食べようと思ったのだろう。

四日目、最後の晩餐《ばんさん》の日、上海料理の店に姿を現したのは、一組の老夫婦だけだった。

「私たちは猫舌だから、ちょっとくらい冷めていても平気よ」

「孫のひとりに、あなたたちと似たような仕事をしている子がおりましてね、ご苦労はお察しします」

などと声をかけてもらって、私は思わず涙ぐんでしまった。しかし、写真家は初日から最終日まで冷徹に、自分の仕事を遂行しつづけていた。その背中は凛々《りり》しく、潔かった。

帰国後の日曜の夕方、レイアウトができたので取りに来て欲しいという電話がかかってきたとき、山岸さんからねぎらいの言葉をかけられた。

「いやー、いい写真が撮れてましたねー。素晴らしいページになりますよ。おふたりともお疲れさまでした。原稿、よろしくお願いします」

ろくに味わってもいない料理の感想を書き、体験していない体験談をひねり出し、徹夜で原稿を仕上げた。

翌月、刊行された「グルメワールド」の巻頭カラーグラビアページには、ツアー客たちが和やかに談笑しながら、料理に舌鼓を打っている、いかにも楽しそう！　美味しそう！　なテーブルの様子が写し出されていた。

写真には、真実が写っていないこともある。

原稿には、真実が書かれていないこともある。

そんな真実を身をもって知った香港グルメツアーから私が学び取ったことは、とても大きかった。それは、女性写真家が身をもって示してくれた「完璧な仕事を追求する姿勢」である。写真家も、フリーライターも同じだ。ノンフィクション作家もしかり。いかなる状況に置かれていても、仕事に対する自己基準を下げてはならない。たとえ人に嫌われようとも、妥協してはならない。

クリエイターにとっては、出来上がった作品がすべてなのだ。

鍋は冷たい、ハワイは遠い

トラベル・アンド・グルメ、略して「T＆G」の編集者、山岸さんは、約束を破らなかった。香港での奮闘を評価してくれたのか、再び「グルメワールド」の取材と執筆の依頼をしてくれたのである。

「喜んでお引き受けします」

「今回は前と違って、かなり余裕のあるスケジュールを組んでおりますので」

「ありがとうございます」

「お店の選択もすでに編集部で済ませてありまして、どのお店からも、取材許可はもらっておりますので、アポ取りの電話から始めていただければと思います」

素晴らしい。

「で、今度は、どのようなグルメを?」

「原寸大で楽しむ恋人たちの鍋料理、というのが特集の仮タイトルです」

「げ? んすんだい? 鍋料理って、いわゆる鍋物のことですか?」

左手で受話器を握ったまま、私は右手で額の汗を拭った。暑い。

今はまだ、八月の終わりである。このところ厳しい残暑の日々がつづいていて、クーラーなど持っていない、扇風機の嫌いな私は、連日連夜、うちわを手に汗だくになりながら原稿を書き、夜はむし暑さのあまりよく眠れないため、慢性的な睡眠不足に陥っている。

山岸さんは涼しげな口調で言う。オフィス内は冷房がしっかり効いているのだろう。

「その通りです。鍋です。十二月号ですからね。恋人たちに鍋の専門料理店へ行っていただき、ふたりでしっぽりと鍋を囲んでもらいましょう、というのが企画主旨です。原寸大の写真、つまり、お店で出てくるお鍋と、まったく同じサイズの写真をドカーンと載せることで、読者には臨場感をたっぷり味わっていただこうと思っています」

十二月号は、十一月発売。十月中旬に校了。原稿の締め切りは、九月末頃。ということは、取材と執筆にほぼ一ヶ月くらいかけることができる。確かにスケジュールには余裕がある。ほかの仕事をやりながら、並行して、この仕事もできる。

「あの、写真家は？」

まさか、また、あの人使いの荒い美人カメラウーマン？

山岸さんは、クックックッと笑った。

「大丈夫ですよ」

この仕事のパートナーは、綿谷さん、通称「ワタ氏」と呼ばれている四十代の男性カメラマン。ファッション雑誌などでよく名前を見かける人だった。もちろん、会ったことはなかったけれど。

「とっても優しい方ですよ。人格者です。当日は、アシスタントも連れてお見えになると思います」

ほっ。

さっそく、お店とワタ氏のオフィスに電話をかけて、取材の日程を調整し、スケジュールを組んだ。

編集部で厳選してあったお店は、五軒。

あんこう鍋、牡蠣《かき》の土手鍋、石狩鍋、水炊き、蟹《かに》すきの専門店。

トップバッターは、あんこう鍋の老舗《しにせ》。午前十時半から、仕事を開始した。玄関口でお店の人に挨拶をし、段取りを決めたあと、ワタ氏とアシスタントの若い男の子は連れだって、駐車場に停めてある車まで、機材を取りに行った。原寸大で写真を撮影するためには、特別な機材とフィルムを使う必要がある、とのことだった。

その間、店長さんの案内で私は座敷に通された。テーブルの上にはすでに、あんこう鍋の材料が用意されている。取材は、一時間くらいで終えて欲しいと言われている。

店長さんが去っていくのと入れ替わりに、ちゃきちゃきした感じの仲居さんが姿を現して、鍋料理を仕込み始めた。ちゃっちゃっちゃっと、いかにも慣れた手つきである。私はあわてて小型カセットテープレコーダーのスイッチを入れ、あれこれ質問したり、仲居さんの説明をメモしたりしながら、目の前で、ふつふつ煮たってくる鍋のようすを観察していた。

ふつふつがぐつぐつに変わってきて、あと五分くらいで「今が食べどき」になるだろう、というとき、タイミングよろしく、機材類を抱えたふたりが部屋に入ってきた。物々しい。なんだか、機動隊員が踏み込んできたのかと思えるような、重装備である。

食べどき、イコール、撮りどきに違いないと、私は思っている。

ところが、である。

「ちょっと、勘弁してよ！　どういうこと！」

テーブルの上にちらっと目をやったワタ氏から、まるで平手打ちみたいな叫び声が飛んでくるではないか。

彼のルックスはといえば、はっきり言って、人相が悪い。丸坊主なのに、髭《ひげ》だけが濃い。ぱっと見た目には、その筋の人にも見える。そんなワタ氏がドスを利かせた口調で言う。

「まじぃんだよ、困るんだよ、こんなこと、してくれちゃ」

びっくりして、一瞬、顔を見合わせる仲居さんと私。そのかたわらで、アシスタントの男の子は黙々と、機材類を設置している。

「あのー、今ちょうど、いい感じで煮えてきてますけど、それが何か？」

仲居さんはいたって柔らかく、感じよく問いかけた。厄介なお客をあしらうプロの顔つきである。

ワタ氏はそんな仲居さんを無視して、私に鬼瓦のような顔を向けた。鍋からも、頭――ちょっとあんこうに似ている――からも、もうもうと湯気が出ている。

「あのね、水沢ちゃん。何年、この仕事、やってんの。鍋の写真を撮るためにはね、鍋は煮ちゃ駄目じゃない？　そんなことも知らないで、よくライターがつとまるね。あんた、もぐりじゃないの？」

ワタ氏、ちっとも優しくない。山岸さんに騙《だま》された。

「……だったら、煮ないままで、撮るんですか？」

仲居さんが鍋を睨みつけたまま、私のたずねたいことをたずねてくれた。ワタ氏は、仲居さんに向かって言った。丁寧で礼儀正しい言い方になっていた。

「そうなんですよ。すみませんねぇ、事前のこちら側の説明が不十分で。この人も経験不足みたいで、ほんと、申し訳ないです。もう一回、最初からやり直したいので、鍋の材料、もう一セット、ご用意していただけますか？」

私が仲居さんにお願いするべきことを、ワタ氏がお願いしてくれた。頭も下げてくれた。ワタ氏はやっぱり、人格者なのかもしれないと思った。

さて、ぐつぐつ煮えていて、「今が食べどき」の鍋料理の撮影の極意とは——

まず、鍋のなかのスープをほんの少しだけ温める。そこに魚介類を入れ、表面にうっすらと色がついてきたら、すぐに火を止める。この段階で、少しでもアクが浮いていたら、すべてを掬《すく》い取り、完璧に取り除いておく。次に、きのこ類、お豆腐、根菜を彩りよく鍋に盛りつける（煮るのではなく、盛りつける）。スープの上に出ている部分には、油か溶かしたバターを塗る。特に人参は、ぬるぬるべたべたになるまで塗る（そうすると、よく煮えて美味しそうな人参の写真が撮れるという）。シャッターを切る直前に、白菜、葱《ねぎ》、春菊などの柔らかい野菜を、根菜類の横からそっと差し込むようにして、鍋の表面にきれいに飾りつける。もしもこれらの野菜が少しでもしんなりしたら、ただちに取り替える。

これが、撮影用の鍋料理の実態なのである。

「うん、いいね、ちょうどいい感じで煮えてるよ。最高だ。美味しそうだ。よだれが出そうだよ」

ワタ氏の機嫌はすっかり直っている。仲居さんは、苦笑いを浮かべながらも、感心しているような表情で、まったく煮えていない鍋を食い入るように見つめている。かわいそうな半生《はんなま》のあんこうと、油まみれの根菜と、煮えていない野菜たちを。

ファインダーから顔を離さないまま、ワタ氏は私に優しく命令する。まるで恋人に話しかけているような甘いささやきだ。

「ねえ、菊ちゃん、もう少し激しく、手を動かしてくれるかな?」

いつのまにか「菊ちゃん」になっている。

アシスタントは専門的な手助けで手いっぱいのようなので、ここは、私が協力するしかない。

「あっ、はい。こんな感じですか?」

「そうじゃない。それじゃあ、角度が違うでしょう」

ワタ氏はわざわざ私のそばまで来て、「手の動かし方」の指導をする。

「このあたりを持って、こういうふうに動かすんだよ、前後にね、わかる?　こうすると、スムーズに出るからさ」

「こうでしょうか？」

「そう、そう、ああ、いいいい、いいねぇ。その調子だ。もうちょっとで終わるから、そのまま動かしつづけて。やめないで、そのまま強く、もっと激しく」

請われるままに私は、鍋の近くに置いてあるドライアイスを、うちわ代わりの取材ノートでパタパタとあおぐ。もっと強く、もっと激しく。

これが、冷たい鍋のなかから、もわもわと立ちのぼっている湯気の実態なのである。

ワタ氏の懇切丁寧な指導のおかげで、その後の取材はきわめて順調に進んだ。

石狩鍋も、水炊きも、蟹すきも、美味しさの秘訣《ひけつ》は、冷たいスープに浮かんでいる、生煮えか生の食材と、ドライアイスの湯気である。

ワタ氏は人格者でもあり、完璧主義者でもあった。テーブルの上の、ちょっとした傷も見逃さず、テーブルを取り替えての撮影。ガスコンロのホースがちょっとでも写ろうものなら、ホースを引っこ抜いての撮影。どんなことをしてでも、より美味しく、より美しく撮ろうとするプロ根性に、驚いたり、感心したり、あきれたりしながらも、私は香港取材で学び取った教訓の復習をしていた。「創る仕事」の場合、結果がすべてなのだと。私の書く原稿も、書こうとしているインド旅行記も、どんなことをしてでも面白く、読んだ人がより面白がってくれるように書くべきなのだと。

「当店の水炊きの特徴は、スープが最後の最後まで澄み切っていること。そして、そのスープの最後の一滴まで残さずに味わっていただくために、最後には雑炊をおつくりし、召し上がっていただいておりますできましたら、雑炊の方も撮影していただけたら……」

水炊きのお店の店長さんの提案を、ワタ氏はきっぱりと辞退する。

「せっかくですが、雑炊なんて、原寸大で撮ったら、ただのゲロにしか見えませんので」


ワタ氏はなぜか、私のことを気に入ってくれたようだった。

原寸大鍋料理の原稿を書き上げ、ファックスで送信し、ほっとしてから数週間後、ワタ氏のオフィスからファックスが届いた。仕事依頼の打診の手紙だった。

それによると、ワタ氏がレギュラーで仕事をしている女性雑誌の増刊号、その名も「ハワイアンウェディング」の取材、撮影のために、ワタ氏は十月の終わり頃、ハワイへ飛ぶことになっている。現地では、カメラマンとライターがふたりでひとつのチームを組んで仕事をする。合計三チーム。それぞれ、オアフ島、カウアイ島、マウイ島を担当する。ワタ氏と組むライターとして、ワタ氏みずからが、この私を指定してくれたという。

もちろん、引き受けることにした。スケジュールも問題なかった。

ファックスに対する折り返しの電話をかけると、ワタ氏は留守だったものの、応対してくれた人——あとで、ワタ氏の奥さんだとわかった——から言われた。

「綿谷、喜ぶと思います。ぜひ、水沢さんといっしょに仕事がしたいんだって言って、今回、出版社さんの方で頼んでいた人をお断りしたんですよ」

なぜ、そこまで気に入ってくれたのかは謎だったが、うれしかった。素直に喜ぼうと思った。

ハワイの取材計画は編集部によって、大筋のところだけ、立てられていた。

ワタ氏と私のチームに割り当てられたのは、オアフ島。

期間は、十日間。

取材先は、日本人の新婚カップルに人気のあるホテル五軒と、そのスイートルーム。結婚式を挙げさせてくれる教会三カ所。それらの教会で、実際に式を挙げることになっているカップルへのインタビューと撮影。そのほか、貸ドレス店、レストラン、モール、レイの専門店、穴場のビーチ、新婚さんが喜びそうな観光スポットなどなど。

ホテル、教会、カップル三組については、編集部の方で取材許可だけは得ている。その他については、私がコーディネイトする。アポ取りはすべて現地で。つまり、ハワイに到着したらただちに、ホテル、教会、レストランなどに電話をかけまくって、びっしりと、効率よく、取材の予定を入れていく。これが、私に課せられた重要な第一ミッション。

ワタ氏はこれまでにも何度か、ハワイへ行ったことがあるという。私は初めてだ。

「カメラマン泣かせなのは、天候だね。菊ちゃん、晴れ女？　ハワイってところはさ、実際はそんなにすっきりと晴れた日は、あんまりないんだよ。たいてい雲が出ている。雨もしょっちゅう降る。ところが、日本人の貧困なイメージによれば、ハワイ、イコール、雲ひとつない青空なんだよね。だから、野外での撮影には苦労するんだよ。雲に泣かされてね。荷物のなかに、てるてる坊主を入れといてくれる？」

「了解です」

取材旅行の前夜。メモ用の小型ノート、ペンと鉛筆、録音専用の小型カセットテープレコーダー、スケジュール帳、小型英和&和英辞典、ガイドブック、資料、胃腸薬などを旅行鞄《かばん》に詰め込んだ。日焼け止めも入れた。サングラスも入れた。てるてる坊主も入れた。白いソックスのつま先の方に別のソックスを詰めて、まんなかを髪留めで結んだら、旅行用のてるてる坊主のできあがりだ。

よし、荷づくり完了。

あ、パスポート。パスポートを入れ忘れたら、ハワイへは行けない。

翌日の午後六時過ぎ。成田空港のチェックインカウンター付近に、取材チーム、合計六人が集合した。カメラマンは全員フリーだが、フリーのライターは私だけで、残りのふたりは出版社の女性正社員であり、女性誌の編集者でもある。

出発時刻まで、あと一時間半ほど。私たちは順にチェックインを済ませて、機内に預ける荷物を係員に手渡した。ここで、搭乗券を受け取るようになっている。

私の番がやってきた。

「それでは、パスポートを拝見いたします」

航空会社の係員は、満面に笑みをたたえて、私の手からパスポートと航空券を受け取ると、まずパスポートのページをぱらぱらっとめくった。私は、彼女の指先やまつげの先を、眺めるともなく、眺めている。特に何も考えていない。彼女はいったん最後までめくり終えたあと、最初にもどって、今度はゆっくりと、一枚ずつ、丁寧に、ページをめくっている。そして、最後までめくり終えたかと思うと、また初めにもどって、めくり始めているではないか。ずいぶん念入りなチェックなんだなぁ、仕事がきめ細かい、などと、私はおかしなところで感心している。

気が済むまでパスポートをめくったらしい彼女は、つと顔を上げ、私の顔を見た。きれいに口紅の塗られた、お人形さんみたいな唇が開いた。

「あの、お客様、ビザは？」

「は？」

「ビザです。アメリカ渡航のためには、ビザが必要です。渡航ビザは、取得なさいましたでしょうか？」

狐につままれたような気分というのは、こういう気分のことだろうか。耳では「ビザ」という単語がはっきりと聞き取れているのに、脳味噌はまだ、その単語の意味を関知できていない。ビザ、ビサカード、ピサの斜塔、ピザの出前？

「ビザって？　出国スタンプを先に押してもらわないといけないってことですか？」

まるでとんちんかんなことを、私は言っていた。彼女がパスポートを何度もめくっていたのは、出国スタンプを確かめるためだったのだと、思い込んでしまっている。出国スタンプはチェックインの「あと」に決まっている。そんなこと、小学生でも知っている。でも、そのときには、そうとしか思えなかった。

「いえ、ビザです。お客様がアメリカに入国するためには、ビザが必要なんです。事前にアメリカ大使館で手続きをなさって、取得していただくようになっています」

そうだった。ビザというのは、ビザなのだった。別名を査証ともいう。通行手形のようなもの。インドへ行くときにも、取った。神戸のインド領事館まで出向いていって、銀行の残高証明書、インドでの滞在先を記した書類など、インド領事館の求めているさまざまな書類を提出した。その後、パスポートに査証のスタンプを押してもらった。しかし、あれは長期旅行だったので、特別だと思っていた。香港へ行くときには、ビザなんて、いらなかった。だから、ハワイ行きが決まっても、ビザのことなんて、思い出しもしなかった。まったくもって、愚かであった。調べたら、すぐにわかることではないか。

係員の頬からは、笑みが消えていた。もちろん、私の顔からも。

「申し訳ございませんが、お客様は当機にはご搭乗できません。渡航ビザを取得なさってからでないと」

全身から、さーっと血の気が引いていくのがわかった。大変なことになった。どうしよう。膝から下ががくがくしている。私からそう遠くない場所で、ワタ氏とふたりのカメラマンが、何か冗談みたいなことを言い合って、笑っている声が聞こえる。どうしよう、笑い事では済まされないことを、しでかしてしまった。

私のチェックインがなかなか終わらないので、不思議に思ったのか、女性誌のスタッフのひとりが近づいてきた。

「水沢さん、どうしたの？　ずいぶん時間がかかっているようだけど」

絶体絶命だ。恥ずかしさと情けなさのあまり、頬をまっ赤にし、今にも消え入りそうな声で、私は言った。

「すみません、私、ビザを取っていなくて……」

彼女から返ってきた言葉は、たったひとこと。

「冗談きついよ」

ああ、これがきつい冗談だったら、どんなによかっただろう。

「いえ、冗談じゃないんです。私、ハワイへ行くのにビザが必要だなんて、思ってもみなくて……本当にすみません」

私の次にチェックインの手つづきを済ませた、もうひとりの女性スタッフが言った。

「だったら、飛行機には乗れないね。困ったねぇ。どうする？」

三人の女性の様子がなんだかヘン、と感じたらしいカメラマンたちが近づいてきて、私たちのまわりを取り囲んだ。「どうしたの?」「何かあったの?」「あのね、水沢さんがね」……聞いているだけでつらくなってくる会話。

私は輪の中心でうなだれて、今すぐ透明人間になってしまいたい心境に陥っている。うつむいていた顔を上げると、ワタ氏の鋭い視線にぶつかった。ああ、怒鳴られる、と、思った。怒鳴られて当然だ。「馬鹿野郎!」と罵声《ばせい》を浴びせられて当然だ。「おまえなんかクビだ」と言われて当然だ。「もう二度と顔も見たくない」と言われたって、仕方のないようなことを、私はしてしまったのだから。

ワタ氏は開口一番、こう言った。

「菊ちゃん、なかなかやるじゃゃん。きみは将来、大物になるよ」

私を含めて五人の顔は「?????」になっている。

ワタ氏は「ビザなしでアメリカへ乗り込もうとするなんて、凡人にはできないことだよ」と言い、私の肩を叩《たた》きながら、そのあとをつづけた。

「大丈夫だよ、菊ちゃん、心配するな」

ワタ氏は優しかった。

「ビザなんて、その日のうちに取れるんだから、あしたの朝いちばんに大使館へ行って取ってくれれば、あしたの夕方の飛行機に乗れるじゃない? 一日だけの遅れなんて、どうってことないよ。俺、向こうで待ってるから、あした来てよ」

ワタ氏は優しかった。ワタ氏は人格者だった。

「打ち合わせのとき、水沢さんにビザのこと、教えてあげなかったの？」

編集部の女性たちに、そんなことを訊《き》いている。

「まさか、ご存じないなんて、夢にも思わなかったのよ。海外取材も経験されてるライターさんだし」

「すみません！」

私は頭を下げる。下げて、下げて、下げつづける。気持ちとしては、床に付きそうなくらい。

五人の大人たちは、みんな優しかった。みんな人格者だった。思うに、誰かが苦境に陥っているとき、なおかつ、自分にもなんらかの迷惑がかかっている、そのようなときにでも、いや、だからこそ、最大限の思いやりと優しさを示せる、それこそが本当の優しさなのではないだろうか。筋金入りの優しさに包まれて、私の目頭は熱くなっている。

「そうだ、だったら水沢さんのチケット、あしたの夕方の便に変更してもらわなきゃ。私、さっそく交渉してくるね」

「そうね、だったら私は社に電話して、ビザ申請に必要な書類、うちの会社ですぐに作成してもらえるよう、上司に頼んでおくから。水沢さんは、これから社に立ち寄って、受け取って。会社の発行する休暇届けみたいな書類が必要だから」

「俺は初日は滞在ホテルの写真を撮って、そのへんを適当にぶらぶらしながら、撮れるものは撮っておくから。菊ちゃんは朝寝坊だけはしないようにして、朝一に大使館へ行けよ。ビザ申請は、午前中で締め切られるからな。とにかく気にするな。人間だもの、誰でもこういうことはあるさ」

「そうよ、気にしないで。くよくよしてたら、いい取材ができないよ。この借りは、ハワイでがんばって返して」

みんなの寛容さに胸を打たれながらも、自分の演じた失態が情けなくてたまらず、うれし涙とくやし涙を同時に流していた。

飛行機に乗るつもりで成田空港へ行ったのに、飛行機には乗れないまま、重い荷物を抱えてすごすご都内にもどるのは想像を絶するみじめさで、どこか、刑務所へ護送される犯罪者の心境にも通じるところがあるような気がした。身の置き所がない、というか、ここは本来、自分のいるべき場所ではないし、向かうべき場所ではないのに、向かわざるを得ない状態というか。誰かに追われているわけでもないのに、身を隠したくなるような心境。悪いことは何もしていないのに、疚《やま》しい。

成田空港ではかつて、別室で裸にされ取り調べを受けるという屈辱を味わっている。これは二度目の屈辱だ。けれども、今回、過ちを犯したのは私自身なのだから、誰にも文句は言えない。

その夜は、目覚まし時計を三個セットして眠りに就いた。熟睡など到底できず、時計が鳴り出す前には起き出して、赤坂一丁目にあるアメリカ大使館の厳《いか》めしい鉄扉の前に、開門前から蟻《あり》みたいに並んでいる人たちといっしょに、蟻になって並んだ。午前十一時過ぎに無事、ビザ取得。その足で、成田空港へと向かった。

二度目の、連日の、成田行き。

電車のなかで、つくづく悟った。ハワイは遠い。でも、成田の方がもっと遠い。

一日遅れで到着したハワイでの取材は、いとも簡単だった。

アポ取りも、インタビューも、撮影のお手伝いも、「そこの雲、どけて！」と怒鳴るワタ氏をなだめる仕事も、何もかもが、鼻歌まじりでできてしまう。成田空港での冷や汗びっしょり事件に比べれば、何もかもが爽やかで、頬に優しい貿易風なのだった。

これ以上うすく、小さくなれない

ハワイへの取材旅行から帰国してほどなく、私は三十一歳になった。フリーライターとしては「小学二年生」になったばかりだ。

誕生日の翌日だったか、翌々日だったか、夕ごはんを食べに立ち寄ったすみれ食堂のすみれさんが、食後にいちごのショートケーキを付けてくれた。小さなろうそくまで立てて。うれしかった。いつまでもこの灯を消したくない、と思えるほどに。

「菊香ちゃんにも早く、彼氏ができるといいね」

と言ってもらったものの、私に必要なのは男ではない、と思っていた。

では、何が必要なのか？

それはやっぱり仕事なのである。

年が明けてからも、仕事は途切れずに入ってきた。家賃や電気代や水道代、税金や健康保険料も、滞納することなく支払うことができている。女一匹、なんとかつつがなく生活できている。

しかし、私は今の自分に満足していない。

このままではいけない、と、常に焦燥感に駆られている。理由はわかっている。肝心の「インド旅行記」が暗礁に乗り上げてしまっているからだ。これが「私の作品です」と胸を張って言えるような原稿を、書き上げることができていないからだ。

実のところ、インドの「旅行記」は、少なくともそのあらすじくらいは、書けている。訪ねた都市や町や村。そこで出会った人たち、食べた料理、苦労話、カルチャーショック、体験談などは、旅行中のメモをもとにして、まとめ上げることができている。でも、これだけでは、ガイドブックに毛が生えたようなものに過ぎない。有名な作家ならその人の「体験記」ということで、出版されるのかもしれないが、私は無名だ。無名の人が書いた体験記を、有り難がって買ったり、読んだりする人がそんなに大勢いるとは思えない。いや、ひとりもいないかもしれない。

だから、単なる旅行記にとどまらない「何か」が必要なのだということは、わかっている。たとえば、インドという国を描くと同時に、インドを旅しているひとりの女の姿を浮き彫りにしているような作品？　あるいは、インドへ行く前と、もどってきてからの、私の変化。その変化に強く焦点を当てた作品？　インドで、それまで持っていた価値観や物の見方や考え方を壊されて、つまり、インドという洗礼を受けて、私がどう変わり、どう強くなったのか。それを炙《あぶ》り出すような作品？　ということは、インドを描きながらも、真のテーマは女性の自立？

だとすると、今の原稿では、まったくお話にならない。根本からやり直さないといけない。考えれば考えるほど、迷路に陥っていく。そこから抜け出すためには、三ヶ月なら三ヶ月、種々雑多な仕事をすべて断ち切って、この作品だけに集中する。今の私には、そういうやり方が必要な気がしてならない。

私の目指す職業は、フリーライターではなくて、ノンフィクション作家。インドから日本へもどってきたときに抱いていた大志と野心はどこへ行ったのか。

わかっている。わかってはいるけれど、背に腹は代えられない。

目の前に、お金になる仕事がぶら下がっていれば、とりあえずそれに食いつくしかない。

ルルルル……

さあ、かかってきたぞ。糸は垂らされた。きょうはどんな餌だ？

「はい、水沢です」

「こんにちは。いつも大変お世話になっております。ジョブ・ルート『えんじょいワーキング』編集部の白崎です。今、お話しさせていただいても……」

よろしいに決まってます。

ジョブ・ルート社から振り込まれる原稿料は、ほかのどの会社よりも多い。業界一、と言っても過言ではないだろう。金は口ほどにものを言う。ジョブ・ルート社から依頼が来れば、どんなに忙しくても、どんなにきついスケジュールでも、引き受けてしまう私なのである。

一張羅の紺色のスーツ、襟もとでボウタイを結ぶデザインになっているブラウス、履き慣れないハイヒールを履いて――まるで、就職面接に挑もうとしている女子大生みたいだ――私は電車に乗り、取材先へ向かっている。

行き先は銀座。

季節は初夏。

風に揺れる並木の柳の緑がすがすがしい。

待ち合わせ場所は、ジョブ・ルート社からほど近い場所にある、輸入ファッション関係の会社。オフィスのあるファッションビルの前で、編集部の白崎美香さん、カメラマンと合流し、その会社で働いている女性にインタビュー取材をすることになっている。巻頭特集記事のテーマは「短期語学留学でキャリア・ワンランクアップ！」である。

女性のための転職情報週刊誌「えんじょいワーキング」では、このところ、隔週に一度くらいの割合で、留学&英語がらみの特集を組んでいる。編集部では「留学と言えば、水沢菊香」と思ってくれているようで、いつもまっさきに私に声をかけてくれる。本当に有り難い。今年になってから、今、ぱっと思い出しただけでも、

語学留学で英語力アップ作戦！

ホームステイで身につける使える英語！

オーストラリアで、オーペア（水沢注　お手伝いさんのこと）留学！

海外できらきら、働きたい！　輝きたい！

英語を活《い》かせる仕事のすべて！

英語をものにして、外資系に転職！

表紙にも目次にも記事のリードにも「！」が飛び跳ねている特集ページの取材、執筆を

手がけてきた。

私自身は留学経験もないし、英語力だって、きわめてブロークンなジャパニーズ・イングリッシュに過ぎないというのに、なぜか、ジョブ・ルート社では、貧乏ライターの私を重宝してくれている。おかげで、新しいワープロ、留守番電話付きの最新型ファックスも購入することができた。前のファックスは安物だったせいか、ひどい紙詰まりに悩まされていた。

地下鉄の出口から地上に出て、銀座の中央通りを歩いていきながら、私は、初めてジョブ・ルート社を訪ねた日のことをなつかしく思い出している。

去年の二月、下手な鉄砲数撃ちゃ当たる作戦でばらまいた自己宣伝のダイレクトメールに、反応のあった最後の一社が、ジョブ・ルート社だった。「レモンページ」や「家庭歳時記」とは違って、いわゆる面接試験ではなく、「何かあったらご連絡します」などでもなく、初めから具体的な仕事の依頼と打ち合わせをするために、私を社まで呼び出してくれたのだった。

ジョブ・ルート社は、社屋も社内もすみずみまでぴかぴかだった。廊下も、壁も、天井も明るく、光り輝いて見えた。そこらじゅうに、まるで新装開店のデパートに漂っているような「新しい匂い」が満ちていた。

受付の人も、お迎えの人も、廊下ですれ違った人、会釈をしてくれる人、誰もが若かった。若い女性が多かった。若い会社、新しい会社、勢いのある会社。そういう印象を受けたし、それは印象だけではなくて、内実ともに、そうだった。そもそも、働く「女性」のための「転職」情報雑誌。というコンセプト自体、それまでにはなかった斬新な発想だった。本格的なブームになる前に、いち早く「留学」に目をつけたこともしかり。

通された応接室がこれまたすごかった。

ひとことで言えば、ゴージャスだった。落ち着かない気分になってしまうほど広い部屋には、土足で踏むのが躊躇《ためら》われるような、ヒールがすっぽり埋まってしまうかのような、ふかふかのじゅうたんが敷き詰められていた。ゆったりとした間隔で置かれている、いかにも高級そうな革張りの応接セット。高い天井からは、シャンデリアがぶら下がっていた。すすめられるままに長椅子に腰を下ろすと、体がすーっとソファーのなかに吸い込まれてしまい、そのまま身を横たえて、昼寝をしてしまいそうになるほど、座り心地がよかった。

打ち合わせの途中で、女性社員ではなくて、カフェの店員と思《おぼ》しき人が運んできてくれた紅茶はポット入りで、カップは温められており、ケーキまで添えられていた。ミルフィーユだった。そっとフォークを当てると、アイシングとパイ生地とクリームが同時にさくっと切り分けられる、非の打ち所がない焼き加減だった。

「水沢さんには今後、即戦力として、誌面づくりに加わっていただきたいと思っています。留学と英語力というのは、これからの働く女性にとって、特に転職を希望している女性たちにとって、大きな武器になり得ると、弊社では確信しております。こちらからお願いする企画以外にも、水沢さんの方からどんどん、企画案を出していただきたいと思います。企画が通れば、原稿料とは別に、企画料もお支払いします」

そんな言葉を聞きながら、ここは竜宮城かと思っていた――。

「ありがとうございました」

「こちらこそ！」

「じゃあ、レイアウトが上がったら、バイク便で送りますので」

「はい、お待ちしております」

ファッションビルの前で、白崎さん＆カメラマンと別れたあと、駅に向かって歩き始めた私の背中に、

「水沢さん、待って下さい、水沢さーん」

と、私を呼ぶ声が届いた。

ふり返ると、ついさっきまで「短期語学留学でキャリア・ワンランクアップ！」のインタビューに応じてくれていた女性が、肩で息をしながら駆け寄ってくる姿が見えた。

彼女が私に追いつく前に、はっと気づいた。なんだかさっきから、ショルダーバッグが妙に軽いと思っていた。

「忘れ物です。はい、これ」

まぬけな私は、インタビューを録音した小型のカセットテープレコーダーをコーヒーテーブルの上に置き忘れたまま、去っていこうとしていたのである。

「すみません！　ありがとうございます。助かりました」

私は彼女に向かって、深く頭を下げた。

顔を上げると、彼女の瞳にぶつかった。

「あの、私もちょうど駅方面に用事がありますので、よろしければちょっと、歩きながらお話ししませんか？」

断る理由も見つからず、成り行き上、ふたり並んで歩き始めた。

長い黒髪をアップにまとめ、タイトなベージュのスーツをすっきりと着こなした彼女は、馬子にも衣装な私と違って、銀座の街並みに溶け込んでいる。ハイヒールのせいでときどきよろけそうになっている私のそばを、背筋をのばして颯爽《さつそう》と歩いていく。かっこいい。

絵に描いたような美人秘書。会社に提出した休暇願いが認められ、アメリカの大学に付属している英語学校で三ヶ月間、集中的に英語を学んだあと帰国し、それまでの事務職から、社長秘書に抜擢《ばつてき》されたという「職場のシンデレラ」——これは、白崎さんがエレベーターのなかで思いついたキャッチコピー。

きょうのインタビューは、いたってスムーズに進んだ。少なくとも私はそう思っていた。

リズミカルに、和気藹々と、笑いも交えて。私はいつも、先輩ライターの中村さんの性格から学び取ったインタビュー術——親しき仲にも、適度な距離感と緊張感あり——を実践している。

駅までの道を、いっしょに歩いていきながら、職場のシンデレラは言った。

「オフレコにしておいていただきたいんですが、秘書って全然、かっこいい職業じゃないんですよ。さっきは社の者が同席していたので、突っ込んだお話はできなかったんですけど。秘書なんて、聞こえはいいけど、要は社長の使いっ走り、雑用係みたいなものなんです。留学なんてしなくても、誰にでもできる仕事なんです。英語だって、秘書レベルなら、NHKの英会話講座で勉強すれば、それでじゅうぶんだと思います」

「え、そうなんですか？」

インタビュー中に語った内容とは正反対なことを話し始めた彼女に、私は驚きを隠せない。思わず路上で立ち止まって、全身を耳にしてしまう。

「ごめんなさい。さっき言ってたことと、明らかに矛盾してますよね。でもなんだか、水沢さんには、本当のことをお話ししておきたくて。それと、これも、雑誌の記事に書かれたらまずいことなんですけど、アメリカでは、事務職から秘書になっても、キャリアアップとは言わないんです。むしろ、ダウンなんです」

「え！　ほんとですか！」

またまた驚きの発言が飛び出すではないか。

「はい、これは、留学中に知り合ったアメリカ人の友人も言ってたことだし、英語学校の先生も言ってたし、実際のアメリカ社会を垣間見《かいま》て、なるほどそうだなーって実感したことでもあるんです。『秘書になりたい』『あこがれの職業は秘書』なんて言ったら、アメリカでは馬鹿にされちゃうだけです」

知らなかった。まったく知らなかった。

「だったら、アメリカの会社で働く女性たちにとっては、どういうのがキャリアアップなんですか?」

彼女の瞳がきらっと光った。私の目にはそう映った。長身の彼女は、上から私を見下ろすようにして言った。

「そんなの、決まってるじゃないですか。『管理職になりたい!』ですよ」

「へえええええっ!」

目から鱗《うろこ》が百個くらい落ちたような気がした。そうなのか、女性の社会進出において、日本よりも十年進んでいると言われるアメリカでは、そういうことになっているのか。管理職か。鱗の落ちた私の目に見えたのは、きたるべき女性の時代の片鱗《へんりん》だった。

これからは、日本人女性たちが管理職を目指す世の中になる! よし、そんな企画を出してやろうじゃないの。「短期語学留学で、管理職を狙え!」——これだわ、これ。

無知なライターの、無謀な胸の内を見透かしているかのように、彼女は言った。

「そもそも、短期留学なんて、留学とは言えないんです。一ヶ月とか、三ヶ月とか、そんな期間で、英語がしゃべれるようになるわけがないんです。しゃべれたとしても、それは日常会話に過ぎません。ビジネスで通用するような英語を身につけるためには、最低でも一年か二年、いえ、三年留学したって、その人に中身がなかったら、お話になりません。英語ができるということと、英語を使って仕事をする、ということは別物なんです。ちょっと英語がしゃべれるようになったからといって、いい仕事につけるなんて思ったら、大間違い。私みたいにせいぜい秘書止まりです。世の中、そんなに甘くないです」

この人はシンデレラなんかじゃない、と、私は思った。彼女は王子様のお迎えを待っているような人ではない。ガラスの靴を脱ぎ捨て、裸足で駆け出していこうとしている人なのだ。「男社会」という荒野に向かって。

短期留学を肯定する主旨の記事には、到底、書けないことばかりだったけれど、いい話を聞かせてもらえたと思った。彼女の肉声は、私の書く原稿の血となり、肉となってくれるだろう。

彼女と別れたあと、私はひとり、静かな興奮の渦に巻き込まれていた。力強く脈打つ、女性の時代の胎動を感じていた。

大学を卒業したあと「結婚するか就職するか」の二者択一を迫られたり――私はその犠

牲者のひとり――女性が一生、仕事をつづけていくためには、何かを犠牲にしたり、あきらめたりしなくてはならない時代は、ようやく過去のものになりつつある。

女性が仕事をするのも、つづけていくのも、当たり前。結婚後も、出産後も。

そのためには、職場環境をととのえていく必要がある。そうすれば、女性の管理職も増えるだろうし、増えれば、女性にとっても男性にとっても働きやすい環境がさらにととのうだろう。今、時代はそういう方向に進み始めている。私はそう実感していた。

それから数ヶ月が過ぎ、季節は巡り、秋になった。

十月のある日の午後、私は、アメリカの大学院に留学し、ＭＢＡ（いわゆる経営学修士号）を取得し、帰国後、外資系の証券会社で管理職に抜擢された女性のインタビュー原稿を書いていた。

私の出した企画案「目指せ、大学院留学で管理職！」がめでたく通ったのである。

インタビュー原稿の最後は、このように締めくくった。

「私の新たな目標は、管理職から起業家へ」

下書きを終え、編集部からバイク便で届くはずのレイアウトを待っていた。

レイアウトが届いたら、それに合わせて文字数を調整し、キャプションを書き、ファックスで原稿を送る。ただし、明朝九時が締め切りなので、レイアウトが届くまでは、寝ないで待たなくてはならない。いつものことだ。慣れている。

時計を見ると、午後六時過ぎになっていた。おなかが空いている。休憩を兼ねて、何かつくろうと思い、冷蔵庫をあけた。

キャベツ、葱、しいたけ、卵、海老《えび》……ビールもある。お好み焼きにしよう。私の唯一の得意料理。そうだ、ついこのあいだ、すみれ食堂のすみれさんから教わった新レシピを試してみよう。お好み焼きは、食べるときだけじゃなくて、つくっているときにも、元気が出る。

ついでに何気なく、テレビをつけた。

ちょうど、夕方のニュース番組が放映されていた。

ん？　と思った。なんの説明もされていなくても、画面には明らかに「大事件が起こったのだ」とわかるような映像が映し出されている。物々しく、騒々しい。野次馬もうじゃうじゃ集まっている。まるで蜂の巣をつついたような騒ぎだ。テレビカメラも揺れている。

いったいどういうこと？　何があったの？

？？？

三秒の沈黙のあと、

「うそーっ！！！」

大声を上げてしまった。信じられない、嘘、ほんと？　まさか！

私が大声を上げたのは、そこに写し出されている映像が、私の通い慣れている、つい二、三日前にも訪ねたばかりのジョブ・ルート社の正面玄関だったからだ。

「本日、ついに、ジョブ・ルート社に、東京地検による一斉捜査の手が入りました。今、入ってきた情報によりますと、さきほど、社長室室長も逮捕された模様です」

ヒステリックに叫ぶレポーター。

社屋のまわりや通りは、騒然とした雰囲気に包まれている。顔を伏せ、足早に退社しようとしている社員を無理矢理つかまえて、強引にコメントを取ろうとしているレポーターの姿もある。現場中継の合間にくり返し流される録画映像は、ジョブ・ルート社の玄関先からつぎつぎに運び出され、車に積み込まれていく段ボール箱。その数の膨大なことといったら。

これは、大変なことになった……。

チャンネルを替えると、NHKの教育番組以外のすべての局で、この事件の特別番組を組んで報道している。

思い返せば、今年の六月頃から、ジョブ・ルート社の周辺には、不穏な空気が流れ始めていた。ある地方都市の市役所の助役が、ジョブ・ルート社の未公開の株の入手によって、不当な利益を得たことが明るみになったのを皮切りに、七月には、もと首相、大臣、幹事長らの秘書による未公開株の入手があったことが判明、その翌日には、ジョブ・ルート社の会長が辞任、九月には、野党の代議士が贈賄工作を告発、と、芋づる式に疑惑が浮上していたのである。

　白崎さん、どうしているだろう。

　この時間帯だと、彼女は社内で仕事をしていることが多い。いや、絶対に、しているはずだ。私にバイク便で送るべきレイアウトが届くのを、彼女も今、オフィスで待っているのかもしれない。

　受話器を取り上げ、電話をかけてみた。電話は、つながった。

「たいへんなことになっているみたいですけど、大丈夫ですか？」

　開口一番たずねた私に、白崎さんは、てきぱきしたいつもの口調で答えた。

「ご心配をおかけしていますが、こちらは大丈夫です。レイアウトは小一時間前に送り出していますので、もうじき届くはずです。締め切りも、刊行日も、まったく変更ありません。仕事は今まで通りに進めていきますので、水沢さんもどうぞ、今まで通りにお仕事の方、お願いいたします」

　と、最初は気丈な感じだったが、

「がんばって下さいね。たいへんだと思うけど」

　と、私が励ましの言葉をかけると、彼女はほんの少しだけ、声に動揺を滲ませた。

「ひどかったんですよ。捜査員が入ってきたとき、すべてのものに指一本、触れたらいけないって言われて、社員全員、その場でフリーズしてたんです。ごみ箱のなかまで、トイレットペーパーの芯《しん》まで、女性社員の生理ナプキンの入ったポーチまで調べ上げる、みたいな執拗《しつよう》さで……」

ジョブ・ルート事件はその後、十二月に大蔵大臣辞任、法務大臣辞任、と、波紋の輪を広げていき、年が明けて四月には、文部次官の起訴、総理大臣の辞任、五月にはもと官房長官の起訴、と、とどまるところを知らなかった。起訴の内容はいずれも「収賄容疑」である。

事件の全貌が明るみになっていくにつれて、「えんじょいワーキング」をはじめとするジョブ・ルート社の刊行物はうすく、うすく、うすく、軽く軽く軽く、なっていった。スキャンダルのせいで、求人広告も、広告による収入も、激減してしまったせいだろう。それまでは電話帳のようにぶ厚かったのに、このままでは、いつパンフレットか小冊子になってもおかしくないような状態。また、雑誌や社員の名刺に印刷されていたロゴマークの金色のつばめも、小さく、小さく、小さくなっていき、いつのまにか、虫眼鏡を使って見なくてはわからないほど小さくなってしまい、最後はまるで名刺にくっついている糸くずのように見えていた。

用があって会社に電話をかけても、誰も、

「はい、ジョブ・ルート社です」

とは言わなくなり、代わりに、雑誌の名前で電話に出るようになった。

それでもジョブ・ルート社はつぶれなかったし、雑誌は廃刊にならなかった。私のギャラも下がることはなかったし、仕事も途切れずに入ってきた。江木さん、中村さん、T&Gの山岸さん、人格者のワタ氏をはじめとする仕事関係者はみんな「原稿料、ちゃんともらってる?」と心配してくれたが、もちろん毎月遅れず、ちゃんと振り込まれていた。

五月の終わりに、東京地検は捜査の終結を発表し、前首相の国会での証人喚問を経て、その後おこなわれた参議院選挙では、与野党の逆転があった。

熱しやすく冷めやすい日本国民が、昭和天皇の崩御、宮崎勤事件、礼宮と紀子さんの婚約などに関心を移すなか、ジョブ・ルート社はしぶとく生き残り、生きながらえた。

ジョブ・ルート事件から、私が学ぶべきことは多かった。

闘う女よ、しぶとくあれ。

「インド旅行記」を、私はしぶとく書き進めていった。牛の歩みであっても、亀の歩みであっても、私が書くのをやめない限り、ノンフィクション作家になるという目標は、消えない。この道は遠く、生えているのは荊《いばら》だけかもしれないが、とにかくあきらめないで、書きつづけていこうと思った。

シングルマザーの涙

打ち合わせと取材と締め切りに追われながら、ふぅふぅはぁはぁ言ってるうちに、昭和は終わりを告げ、代わりに「平成」という時代が始まった。平成元年の四月のある日、私は、百合ヶ丘駅と新百合ヶ丘駅のちょうどまんなかあたりに位置する、非常に不便な場所で、お好み焼き屋「菊ちゃん」を開店した。

「いらっしゃいませ!」

「お邪魔しまーす」

「お待ちしてました。さ、上がって上がって」

「うわぁ、いい匂い。材料の匂いからしてすでに、お好み焼き屋さんだね」

「ありがとうございます」

ランチタイムのお客はひとり、先輩ライターの中村紗英ちゃん。開店は、本日限り。なんのことはない、自宅のアパートに彼女を招いて、お好み焼きの奥義と秘伝の味を披露しようと、張り切っているのである。

「話があるの」と、紗英ちゃん——私たちは今では「ちゃん付け」で呼び合う大親友——

から電話をもらったのは、おとといの夜だった。

「聞いてくれる？　って言うか、聞いて欲しいんだけど。菊ちゃんしか、話せる人がいなくて」

「うん、いいよ、何？」

そう答えると、紗英ちゃんはいつになく口ごもったあとに、こう言った。

「でも、電話じゃ話せないことなの。できれば菊ちゃんにじかに会って、顔を見ながら話したいんだけど」

え？　電話じゃ話せないこと？　なんだろう？　それって、良くない話？

暗い疑問符がぱっぱっぱっぱっと脳裏をよぎったものの、しっしっしっと素早く追い払って、あくまでも明るく言葉を返した。

「わかった。いいよ。どこで会う？　下北がいい？」

下北沢は、紗英ちゃんの住んでいる町と、私の住んでいる町の中間点にある。

「できれば、お店じゃない方が有り難いんだけど」

「え？」

今度は口に出して、そう言った。

言うと同時に、ピンと来るものがあった。何がどう「ピン」なのか、自分でもまったくわかっていないのだが、言ってしまえば「女のカン」みたいなものかもしれない。

思いついて、私は誘った。

「あ、じゃあ、久々にうちに来ない？　ちょっと遠いけど、いいでしょ。紗英ちゃんのためにお好み焼き屋さん開くから、お昼食べにおいでよ！」

そんなわけで私は、たまっていた仕事をゆうべのうちにチャキチャキと片づけ、きょうは朝から、お好み焼きの仕込みにかかっていたのである。

「さあ、それじゃあそろそろ、一枚目、行くよー」

今の季節には布団をかけていないこたつの、テーブルのまんなかに据えてあるホットプレートに油を引き、ボウルのなかでしっかり混ざっている具入りの生地を、玉じゃくしで掬《すく》って、丁寧に広げていく。

紗英ちゃんは、いかにも興味津々といった目つきで、広がる生地を眺めている。岡山で生まれ、大学時代からインドへ行くまでの十年あまりを京都で過ごした私と違って、東京で生まれ、関東一円で育った紗英ちゃんにとって、お好み焼きはわりと珍しい食べ物のようなのである。

「何が入ってるの？　キャベツと葱と卵と紅しょうが以外には」

「ちくわのみじん切りでしょ、白滝のみじん切りでしょ。あと、生しいたけと、干し桜海老と、するめを細かく刻んだもの」

「へえっ、するめ？　そんなのまで入ってるんだ？　芸が細かいんだね」

ちくわと桜海老は一般的かもしれないが、白滝とするめは、すみれさんの隠し技。「噛《か》んだら味がきゅっと出るものを、何が入っているのかわからないくらい細かく刻んで、入れておくのがコツ」と、すみれさんは教えてくれた。

そのほかにもいくつか、重要なポイントがある。

「小麦粉と片栗粉と卵を混ぜてつくった生地は、最低でも三時間は寝かせておくこと」

「キャベツの千切りは水分をよく切って、しっかり乾かしておくこと」

「葱は、多すぎるかもしれないと思うくらい、ふんだんに入れること」

私は得意げに蘊蓄《うんちく》を垂れ、紗英ちゃんはうなずきながら、熱心に耳を傾けている。

「最初は強火でがーっと焼いてね、ひっくり返したあとは弱火にして、じーっと待つの。ここが我慢のしどころね」

などと言いながら立ち上がり、

「とりあえず、きりっと冷えたビールで乾杯しよう」

冷蔵庫をあけ、ビールを取り出そうとしている私の背中に、紗英ちゃんの柔らかな声が降りかかってきた。

「あ、あたしは、ビール、遠慮しておく。お水でいいから」

「ん？　なんで？」

ふり返ると、紗英ちゃんの意味深な笑みにぶつかった。「うふふっ」という声が聞こえたわけではなかったが、あえて文字で表せば、そんな笑みである。

こんがり焼けたお好み焼きを切り分け、ふぅふぅはぁはぁ言いながら食べている過程で、「うふふっ」の全貌は明らかになっていった。


「えーっ！　そうなの、そんなことがあったの。それで、ひとりで？　うわーっ、すごいなぁ。私にはできないよ、逆立ちしたってできない、そんなこと。で、それでいいんだね。うんうん、いいに決まってるよね。もう、あとへは退《ひ》かないってことだよね。うんうん、わかった。応援するよ。私、紗英ちゃんを応援する。後方支援する。私、全面的に紗英ちゃんの味方だから。私にできることがあるなら、なんでも言って！」

ホットプレートのまわりには、ただならぬ熱気が漂っている。

お好み焼きは、二枚目に突入している。私のビールは二本目だ。

「ありがとう。菊ちゃんは絶対、そう言ってくれると思ったんだ。世界中の人が反対しても、菊ちゃんだけは賛成してくれるって思ってた」

すべてを話し終えてすっきりしたのか、紗英ちゃんは、にこにこ顔になっている。プレートの上では、お好み焼きがふっくらと焼け始めている。小柄な紗英ちゃんの、まだぺちゃんこのお腹に、私はつい視線をのばしてしまう。

あそこには――

つい最近、紗英ちゃんは、それまでつきあっていた恋人と、泣く泣く別れた。恋人に別の恋人ができて、紗英ちゃんはフラれてしまった。けれども紗英ちゃんのお腹のなかには、その男の子どもがいる！

「……ひとりで産んで、ひとりで育てるつもりなの」

ついさっき、そう言いながら、紗英ちゃんはお腹に手を当てて、愛おしそうにさすっていた。

「こないだ実家へ帰ったとき、その話をしたらね、両親から勘当されたの。もう二度と、うちの敷居はまたがせないって言われた。産むなら出ていけって。ひとりで産めって」

言いながら、紗英ちゃんは涙ぐんだ。

「でも、誰になんと言われても、産もうと思うの。この子は彼の子じゃない。あたしの子なんだもの。神様から授かった命なんだもの」

紗英ちゃんはそう言って、私の顔を見た。凛《りん》とした目つきだった。たくましい、と、私は思った。肝が据わっているというのは、こういう状態のことを指していうのだと感心しながら。

二枚目の片面が焼けるのを待ちながら、私は自分の離婚体験や勘当体験を披露して、紗英ちゃんを慰めた。

「親なんてさ、血はつながっているかもしれないけど、所詮、他人だよ。図々しくて、厚かましい分、他人よりも厄介かもしれない。世代が違うわけでしょ。人生観も、結婚観も、好みも考え方も価値観も、何もかもが違うわけよ。なのに、親だからっていうだけで、子のすべてをわかっているみたいなこと言うんだから」

二枚目をひっくり返した瞬間、あることを思い出した。

「そういえば、たまたまなんだけど、このあいだ雑誌で見かけた言葉があったの。日本ではまだ、浸透してない言葉だけど、アメリカでは、紗英ちゃんみたいな人のこと『シングルマザー』って言うんだよ」

「シングル、マザー?」

「そう、独身のお母さんって意味。日本だと、『未婚の母』になるわけでしょ。なんだかネガティブじゃない? 結婚してない母親、なんて。結婚してなきゃ出産できないって、法律があるわけじゃなし。『結婚至上主義』なんでクソ喰らえだよ。なんでいちいち未婚って言われなきゃならないの。独身の母親、それでいいんだよ、うん」

あれっ? なんだか紗英ちゃんの様子がヘンだ。

「どうしたの?」という言葉を、しかし私はぐっと呑み込んだ。なんと、紗英ちゃんは、バッグのなかから取り出したハンカチで、目頭を押さえているではないか。

私は声に力をこめた。右も左もわからない東京に、裸一貫でインドから乗り込んできた私が、筆一本でなんとか食べていけるようになったのは、紗英ちゃんのおかげなのだ。今こそ、彼女に恩返しをしたい。

「女の人生、男なんて、要《い》らないんだよ。仕事さえあれば、女ひとりでもちゃんとやっていける。大丈夫だよ、紗英ちゃん、私も子育て、手伝うからね。紗英ちゃん、負けるな、くじけるな」

紗英ちゃんは、号泣状態になってしまった。

ホットプレートの上に涙が落ちて、じゅうじゅう言っている。

ノンフィクション作家を目指すフリーライターも、シングルマザーも、どちらも同じ、闘う女なのだと思った。


それから一ヶ月ほどが過ぎて、若葉の目にまぶしい、風薫《かお》る五月の午後。

きょうは、トラベル・アンド・グルメの山岸さんといっしょに、ある劇団の事務所まで出向いていき、名だたる女優にインタビューすることになっている。

待ち合わせの駅まで行くと、山岸さんのそばには、T&Gの社長が立っていた。ふだんは社長が取材に同行することなどないのだが、彼は長年その女優のファンで、尊顔をひと目、拝ませてもらいたい、とのこと。カメラマンとも合流し、四人で取材に繰り出した。

インタビューのテーマは「思い出のハワイ」。旅行雑誌のハワイ特集号の巻頭グラビアページを飾るためである。

女優は、涼しげな着物姿で現れた。ピンと一本、針金が通っているかのように背筋がのびている。歩く姿も、腰を下ろす姿も、立ち上がる姿も、白鷺《しらさぎ》みたいに美しい。化粧はしていない。ほとんど素顔に近い。

ずいぶん小柄な人だな、というのが第一印象だった。あとで気づいた。個性派の女優として、私の内面で、彼女の存在感があまりにも大きく膨らんでいたせいで、実物を目にすると、なんだか小柄に見えてしまったのかもしれない。そういえば、インドのタージマハールを実際にこの目で見たとき「想像していたよりもずいぶん小さいな」と感じたものだった。

しかし、その美しさは、私の想像を何倍も超えて、有り余るほどだった。彼女は「ハワイの思い出」についてあれこれ語ったあと、途中からは私の質問に答えて、仕事に対する考え方や女の生き方について、ざっくばらんに、飾り気のない言葉で話してくれた。

その途中で、こんな発言も飛び出した。

「あなたのインタビューは、今までのどのライターよりもうまいわ」

「えっ、ほんとですか？」

私のインタビューがうまいのだとすれば、それはひとえに、紗英ちゃんのおかげである。限られた時間のなかで、いかに相手の緊張をほぐし、いかに密度の濃い話を聞き出せるか。とはいえ、砕けすぎは良くない。適度な距離感も保たねばならない。このバランスの取り方が、なかなかに難しい。無理なく、ごく自然に、相手の領域に潜り込む、あるいは、相手を自分の領域に引っ張り込んでしまえる、紗英ちゃんの持って生まれた才能。フレンドリーな性格。私はこれまでずっと、そんな彼女をお手本にしてやってきた。

「私は嘘やお世辞は言わないの。あなたと話していると、なんだかリラックスしてしまって、つい、余計なことまでべらべらしゃべってしまいそうになるの。うまく乗せられちゃって。そういうことが自然にできるのが、上手なインタビュアーなのよね。若いのに、人間ができてるわ。きっと、苦労もいろいろしてきたんでしょう？」

「確かに、苦労の数だけには自信が……」

「その苦労は、あなたにとっては貴重な財産なのよ。苦労した分だけ、あなたは成長できている。苦労していない人間は傲慢《ごうまん》で、他人の心の痛みに対して鈍感で、人としての魅力に欠けるわ」

彼女は、四十歳である。

「外国だとね、四十の女優は女盛りよ。ラブストーリーの主役だって演じられる。でも日本では、母親の役しか回ってこないのね。これってすごく悲しいことよね。女優にとって、年齢を重ねることは、不利であるはずがないのに。女として、いろんな経験を積んで初めて、できるようになる演技だって、あるはずだもの。それなのに、日本では若い女優だけがもてはやされるの」

日本社会は、女性差別のみならず、年齢差別の跋扈《ばっこ》する社会である、と、彼女は言い切った。思わず椅子から立ち上がって、拍手喝采しそうになった。

「結婚はね、うんと若い頃、一度したんだけど、それでもう懲《こ》りちゃって、今はもう全然、したいとは思わないし、将来する気もないの。結婚なんて、ただの制度じゃない？　世間が勝手に決めたことよ。制度や世間に縛られるなんて、ごめんだわ。好きな男ができたら、私が働いて、養ってあげればいいだけのことよ」

問わず語りで、彼女はそう言った。しびれた。これは名言だと思った。潔い。胸の透くような台詞《せりふ》ではないか。そんじょそこらの人間には、なかなか言えない。

「女性差別、年齢差別に立ち向かうためには、これが自分に与えられた仕事だ、自分にはこれしかないと思えるような仕事をしながら、こつこつと努力を積み重ねながら、自分の信じた道を進んでいくだけよ」

決して自信に満ちあふれた言い方ではなかった。優しく、ふんわりと、ガラス細工をそっと包み込むような口調で、彼女は言った。「自分の信じた道を進んでいくだけよ」と。

インタビューが終わったあと、カメラマンは、興奮を隠し切れない表情で言った。

「いやー、ほんとにきれいな方でしたね。僕がレンズを向けるとね、その瞬間、その瞬間に、ぱっといい表情をつくってくれるんですよ。絶妙なタイミングで。いかに撮られるかを心得ているというか、自分で自分をクリエイトしているというか」

すごいなぁと思ったのは、カメラマンが「表情をつくってくれる」と言ったその表情を私も間近で見ていたわけだが、私にはそれがつくられた表情であるとは、まったく思えなかったこと。

社長も大喜びだった。色紙にサインをもらえて、握手までさせてもらえて「一週間、俺はこの手を洗わない」と言っていた。

「水沢さん、せっかくなので、これからいっしょに早めの夕飯でもいかがですか？　いつもうちの山岸がお世話になっていることだし」

「ありがとうございます。せっかくのお誘いですが、今夜中に仕上げて送らないといけない原稿の締め切りがありまして。お言葉だけ有り難く、ちょうだいしておきます」

親切な社長の誘いをやんわりと辞退し、私は三人と別れて、新宿駅へ向かった。

並木の葉っぱの一枚一枚までが蒼《あお》く染まっているような、夕暮れ時だった。

締め切りがあったのも事実だけれど、それ以外にも私には、社長の誘いを断って早く家に帰りたい理由があった。

「インド旅行記」である。

誰に読んでもらえるわけでもなく、ものになるのかどうかもまったくわからない。

それでも私には、この原稿、この野望しかない。この道を信じて、信じた道を進んでいくしかない。

第3章 恋と仕事の迷路のなかで

気がついたら、なんでも屋

インドから成田空港に降り立って、四年あまりが過ぎた。

三十三歳になった私は、雨にも負けず風にも負けず、踏み倒されても起き上がり、満員電車にも痴漢にも負けず、来る仕事は拒まずをモットーにして、東に仕事があれば出かけ、西に仕事があれば出かけていた。

読者層もさまざまな女性雑誌のインタビュー記事、大・中・小さまざまな出版社から出ている留学関係の雑誌の取材記事のほかにも、依頼を受けて書評やコラムを書くこともあったし、単発の仕事のほかにも、ジョブ・ルート社とトラベル・アンド・グルメを含む数社から、毎月何本か、レギュラーの仕事を請け負っている。

紗英ちゃんの産んだ男の子「海太《かいた》くん」は、すくすく育っている。紗英ちゃんが仕事で外出するときには、私がアパートを訪ねてベビーシッターをつとめている。おむつの取り替え方から、ミルクを飲ませたあと、背中を優しくトントントンと叩《たた》いてげっぷをさせる方法まで、しっかりと身についてきた。また、泣き声のトーンによって、それが「小」を意味するのか「大」を意味するのかまで、わかるようになってきた。おかげで最近では、育児雑誌からもお声がかかるようになっている。

異色の仕事としては、子ども向けのアニメビデオ『むかし話だいすき』のテーマソングの作詞、なんてのもある。金太郎に桃太郎、浦島太郎にかぐや姫、一寸法師に一休さん、さるかに合戦、ぶんぶく茶釜、いなばの白うさぎ……まだまだある。

ある日は、麻薬捜査犬育成所の取材に出かけて、犬たちの受けている厳しい訓練の現場を目《ま》の当たりにして思わず涙し、ある日は、猫雑誌の巻頭インタビュー記事を書くために、愛猫家のタレントの家を訪問、取材中、猫に引っかかれてみみず腫《ば》れをつくり、ある日は、午前二時半に起きて、半分眠ったまま築地市場でマグロの競りを取材し……まだまだある。

そうかと思えば、ある日突然、まったく知らない編集者から電話がかかってくることもある。

「いきなりの電話で、いきなりのご依頼、たいへん申し訳ありませんが、なんとかお願いできないでしょうか」

有名なビジネス雑誌のロングインタビュー。新進気鋭のフリーライターがインタビューを試みた人物は、飛ぶ鳥を落とす勢いで活躍中の女性ニュースキャスター。途中まではとんとん拍子で取材が進んでいたらしいのだが、途中で、ちょっとした意見の食い違いがあり、討論というか、口論というか、言い争いのようなことになってしまい、女性キャスターを怒らせてしまい、インタビューは中断、このままではページはまっ白、編集部とテレビ局の関係もこじれてしまいそうだという。

編集者は焦っていた。

「一生懸命、先方さんにお願いしまして、なんとか再度、インタビューに応じていただける段取りだけはつけたのですが」

その女性キャスターは、同じライターでは絶対にいやだと言い張っているらしい。つまり私は、他人の尻ぬぐいを依頼されているわけである。そう、私はいつのまにか「便利屋」になっていたのである。

「わがままな彼女を怒らせないで、四方八方を丸く収めつつ、きちんとインタビューができて、締め切りも守って原稿を書けるライターといえば、水沢さんしかいないと、江木さんから強力なご推薦をいただきまして」

江木さんといえば、駆け出しのライターだった私にどんどん仕事を回してくれ、取材の仕方から原稿の書き方まで、フリーライターのイロハを教えてくれた恩人である。江木さんの紹介とあらば、断ることなどできない。

「わかりました。お引き受けします」

「助かります。インタビューはあしたの午後二時半から、赤坂で。原稿は、あさってのお昼くらいまでに上げていただければ……イチマンジです」

「イチマンジ？」

一瞬、お寺の名前なのかと思った。原稿枚数は、もしくは、文字数は、という部分がうまく聞き取れていなかった。編集者はちょっと言いにくそうにして、言い直した。

「四百字詰め原稿用紙に換算すると、二十五枚になりますか」

「ひえーっ！」

白昼の街角で、幽霊から肩を叩かれた人みたいな声が出てしまった。

ひと晩で、二十五枚の原稿が書けるだろうか。これは、未だかつて踏み入れたことのない、未知の領域であり、枚数だ。しかし、書かなくてはならない。私の仕事は「書くこと」なのだから。不可能を可能にするのも、フリーライターの仕事のうちかもしれない。

「おはようございます！　橋本です！」

朝一番、電話のベルで叩き起こされ受話器を取ると、耳に痛いほど元気な声が飛び込んできた。

「おは、よう、ござい、ます」

よれよれな声で、私は応《こた》える。徹夜で便利屋の仕事——「奇跡の二十五枚」と、私は名づけていた——を仕上げたあと、お布団にぶっ倒れて眠りを貪《むさぼ》っていた。奇跡の眠りを遮られてしまい、ちょっと不愉快な気持ちになっている。

「さっそくですが、今月、水沢さんにお願いしたいテーマが決まりました!」

橋本さんは、いつでも元気いっぱいだ。お肌はつやつやしているし、瞳はいきいき輝いているし、いつ会っても元気溌剌《はつらつ》。年も若い。確か二十五歳くらいだったか。彼が編集者として働いている雑誌の名前は「健康第一」という。去年から、私はこの月刊誌のレギュラーライターになっている。

「今月のテーマは、大根おろしです! 電話取材に応じて下さる方々のリストは、このあとファックスで流します!」

「はい! お待ちしております!」

橋本さんの元気が伝染し、気がついたら、私の声もしゃきっとしている。

「健康第一」はその名の通り、健康雑誌である。愛読者の大半は、日本全国のおじいちゃん、おばあちゃん。老眼鏡越しに、毎月すみからすみまで舐《な》めるように熟読、精読し、そこに書かれている健康法を日々、実践していると思われる熱心な方々ばかり。

私は編集部の決めたテーマに沿って、取材リストに載っている人にかたっぱしから電話をかけ、体験談を聞き、記事にまとめる。

今月のテーマは大根おろし、ということは――

「大根おろしでしつこい便秘を解消！」「大根おろしは解熱に効く！」「大根おろしで胸焼けが治った！」「大根おろしを毎朝食べれば、百歳まで長生き！」「私は大根おろしで大腸癌《がん》を克服！」……エトセトラ、エトセトラ。

原稿には、そんなタイトルがずらずら並ぶはずだ。

リストに載っているのは、「健康第一」に挟み込まれているアンケート用の読者カードを送ってきた人たちである。あらかじめ、編集部から取材の申し込みをしてあるので、電話取材はいたってスムーズに進む。みんな、自分がいかに大根おろしを健康維持に活用しているか、自信たっぷりに話してくれる。なかには、取材にかこつけて、身の上話を私に聞いてもらいたくて仕方のない高齢者もいて、そんなとき私は「老人悩み相談室」の電話回答者に早変わりする。これも、便利屋の仕事のうち？

「うちの嫁はねえ、何度言って聞かせても、金属のおろし金で下ろすんですよ。だからちっとも効かないのね。大根おろしはね、陶器のおろしで下ろさなくちゃ。そんなことも知らないで、よく主婦がつとまるものだと思いませんか。まったく今の若い女性ときたら、なんにも知らないんだから……」

大根おろしのほかに、これまで私の手がけたテーマといえば、よもぎ、どくだみ茶、にんにく、青背の魚、枝豆、緑茶、ハーブ、インドのスパイスなどなど。

この仕事を請け負うまで、まったく知らなかったのだけれど、このような健康法は、いわゆる「民間療法」と呼ばれるもので、実際に効果があったとされる事例がある程度の数まとまれば、そのデータは、医学界や科学界における研究に役立てられることもあるという。何を隠そう、私も「健康第一」のすすめる民間療法や食餌《しょくじ》療法を日常生活に取り入れ、積極的に実践してみた。これも、仕事のうち。というよりも、仕事と実益をかねて。

どくだみ茶は、本当によく効いた。便秘に。

朝のコーヒーをやめて緑茶に切り替えてからは、肌がすべすべしてきた。よもぎから抽出された液体でつくられたという化粧水には、かゆみ止めとして絶大なる効果があった。

「健康第一」で取り上げられるのは、食材や植物だけではなかった。

大仏のように座って、さまざまな病気を治す。

中指の根もとのツボを刺激して、頑固な肩こりを治す。

パンツをはかずに寝るだけで、健康になる。

どれも、効果があった。

特に「パンツをはかないで寝る」は、一度やってみたら、病みつきになった。風邪も引かなくなったし、生理不順も治ったし、夜、ぐっすり眠れるようにもなった。私が私に電話取材をして、記事を書きたいくらいだった。

しかしながら、なかにはなかなか、実際に試してみることのできない健康法もあった。

「おはようございます！　橋本です！」

「あ、橋本さん！　今月のテーマはなんですか！」

ここまでは、いつものやりとりだったが、

「はい……」

そのあとに、一瞬の間《ま》がある。

あれ？　橋本さん、どうしたんだろう？

黒いシャツに黒いズボンに黒いジャケット。全身黒ずくめで、腕時計とネクタイだけが蛍光色の緑、というふうな、個性的なファッションがお得意の橋本さんの姿を思い浮かべながら、私は声をかける。

「橋本さん、大丈夫ですか？　なんだか今朝は、お元気がなさそうですが」

「いえ！　そんなことはないです！　今月のテーマはですね！」

「はいっ！」

「ニョウ療法で参りたいと思います！」

「と、おっしゃいますと？」

ニョウって、そんな食べ物、あったっけ？

「あのですね！」

橋本さんの口調は、そのあと突如、転調した。長調から短調に。

せられないような、過激な療法なのか？

「大きな声では言えないのですが……」

通話口を手のひらで覆って、しゃべっているようでもあった。まわりの人たちには聞かせられないような、過激な療法なのか？

「平たく申しますと、あの、自分のおしっこを飲んで、健康になるという……」

過激だ。ふたりとも、同時に咳払《せきばら》いをした。

「というわけで、体験者の取材リストを、今からファックスでお送り致します」

「あ、はい、わかりました。お待ちしております」

そうか、体験者もいるのか。いったいどんな効果があるのだろう。知りたいような、知りたくないような、複雑な女心。

一時間後、リストを見ながら、さっそく電話取材を開始した。

「朝一番のな、起き抜けに出した、濃ーいのを一気にぐわーっと喉へ流し込む。ビールの一気飲みの要領ですわ。これがあんた、よう効くんですわ。おたくもいっぺん、やってみはったらどないですか」

濃く熱く語る関西在住の実践者の言葉を、静かに、淡々と、メモする私であった。

便利屋の仕事は途切れることなく、次から次へと舞い込んできた。

文章がより上手になっているのか、構成力や日本語力が上達しているのか、自分では判断できなかったものの、確かに、仕事のスピードは速くなってきている、という実感があった。同じ分量の原稿を書くためにかかっていた時間が、明らかに、短くなっている。つまり、仕事の能率が上がってきている。前よりも短期間で、ひとつの仕事を仕上げることができるから、より多くの仕事を引き受けて、こなすことができている。

インタビュー原稿の場合には、その人の話してくれた、どの言葉を選び、どの言葉を捨てるか、見出しにはどの言葉を使うか、そういった取捨選択も、迷わずできるようになってきた。

こつこつと文章を書いていると、私はまるで庭師になったようだと思った。庭師は庭に出て、地面を耕し、小石を取り除き、土をならし、種を蒔《ま》き、水をやり、肥料をやり、雑草を抜き、間引きをし、剪定《せんてい》をし、植物を育てる。おそらく庭師は、それらの行為のひとつひとつが好きで好きでたまらないに違いない。私もまったく同じだった。書いては消し、消しては書きながら、一語一語を積み重ね、一文一文を積み重ね、一段落、一ページへと文章を育てていく。そのすべての過程が好きで好きでたまらない。もしかしたら、記事のテーマよりもむしろ、書くという作業に関心があり、書くという行為が掛け値なしに好きなのかもしれない。便利屋の仕事であっても、穴埋めであっても、尻ぬぐいであっても、私はとにかく、文章や文字を「書く」ことが好きでたまらない。

だから、どんな仕事でも引き受ける。

毎日が忙しくなる。忙しいから、遊んでいる暇などないし、いっしょにバカンスに出かける恋人もいないし、会社員と違って、フリーライターの場合、毎日同じ洋服を着ていても誰にもわからないから、洋服代もあんまりかからない。

銀行の預金通帳には、どんどんお金が貯《た》まっていく。

商売繁盛。これは、非常に有り難いことだと思わなくてはならない。江木さんも、紗英ちゃんも、ワタ氏も、フリーランスで仕事をしている人はみな異口同音に「忙しい、忙しい」とこぼしているうちが花だ」と言う。暇なライターほど、みじめなものはない。それはよくわかっている。

わかってはいるけれど――

午前中「さあ、あなたも今夜から、パンツを脱いで寝ましょう！」というような原稿を五本ほど書き上げたあと、午後は、自動車メーカーに出かけて「身体障害者の雇用状況」に関する取材をし、夜は「新宿の居酒屋特集」の原稿を書く。そのような日々のなかで、なんでも屋であり、庭師でもある私は「自分の花を咲かせたい」と、さらに切実に欲するようになっていた。「これが私の作品です」と、胸を張って言えるような大輪の花を咲かせたい。それはもはや見果てぬ夢ではなく、夢に限りなく近い目標となっていた。

机の引き出しのなかには、固いつぼみが眠っている。いや、種か。

書き始めてから、足かけ三年をかけて、やっと完成させたインドの旅行記。

タイトルは「女ひとり、インド世界へ」と付けている。

初夏。風の気持ちいい昼下がり、午後一番にジョブ・ルート社での打ち合わせを終え、所用も済ませ、新宿にあるトラベル・アンド・グルメに立ち寄り、担当ページのレイアウトを受け取ったあと、新宿駅の西口にある駅ビルに足を踏み入れた。

エレベーターに乗って、ビルの五階にある大型書店を目指した。その書店なら確実に置かれている。百合ヶ丘駅前の書店では、手に入らない。

エレベーターの扉が開くと同時に飛び出して、足早に雑誌売り場へと向かった。

あした発売になる旅行雑誌「旅の友」。きょうのこの時刻には、最新号が入荷しているはずだ。

案の定、ラックでは、今し方入荷したばかりだとわかる――その証拠に、差し込まれている五冊には一糸の乱れもない――雑誌が私を待ってくれていた。ラックから一冊、丁寧に取り出すと、目次で確認し、そのページをあけた。心臓が喉まで跳ね上がっている。

「旅行記大賞」二次選考通過者の発表。

私の名前とタイトル「女ひとり、インド世界へ」は――

ページをあけた瞬間、わかった。

ない。

ない、ない、ない。いくら目を皿のようにして探しても、ないものは、ない。

ああ、また駄目だったか。

心のなかの半分では、こうなることを予想していたものの、残り半分では、奇跡を期待していた。私は意気消沈した。心がずぶずぶ、沼のなかに沈んでゆく。

インドの旅行記を完全に書き上げたのは、去年の秋だった。夏にはなんとか最後まで書き上げていて、その後、推敲《すいこう》に推敲を重ねて仕上げた。さっそくふたつの賞に応募した。ひとつはノンフィクションの賞。もうひとつは旅のエッセイの賞。私の作品は旅行記だったが、どちらの賞の基準にも見合っていた。どちらにも、落選した。今回は、三度目のチャレンジだった。三度目の正直は、叶《かな》わなかった。

雑誌を手にしたまま、ぼーっと立ち尽くしている私の腕に、横から同じ雑誌に手をのばそうとした人の腕が触れた。

「すみません！」

反射的に謝って、雑誌をラックにもどし、そそくさとその場から立ち去った。私が謝る必要などなかったのかもしれないが、落ち込んでいたせいか、とっさに自分が悪いと思ってしまった。

広い書店のなかを、迷子になったような気分で、ふらふらと歩き回った。

仕事帰りのビジネスマン、ビジネスウーマン、買い物のついでに立ち寄ったと思《おぼ》しき人、学生、子ども連れ、誰もが明確な目的を持って、この書店を訪れている人ばかりのように見える。私だけが迷路に足を踏み入れ、出口を見つけられないまま、さまよっている。

ついさっきまで、買って読みたいと思っていた本に、急に興味を失ってしまった。好きな作家の新刊をチェックする気力も湧《わ》いてこない。次はどの賞に応募するか、ほかの雑誌を探してみようという気ももちろん起こらない。立ち直りの早い私ではあるけれど、さすがにきょうだけは、すぐには起き上がれない。

とりあえず、アパートへ帰ろうと思った。夕ごはんは、すみれ食堂で食べよう。コロッケ定食に大盛りのごはん。おなかいっぱい食べて、ビールも飲もう。やけ酒を飲みながら、すみれさんに結果を報告し、慰めてもらおう。

レジの横を通り抜けて、エレベーターへ向かおうとしている足がつと止まった。

まぶしい！

レジの近くの平台の、その一帯だけが妙に目立っている。まるで、黄金色の夕陽の光がばらまかれたみたいに、そのコーナーだけが輝いている。ぎっしりと並べられたすべての文庫本のカバーに、明るいオレンジ色の帯がかけられているせいだった。見上げると、手書きのＰＯＰには「飛び出せ日本！　海外生活体験記フェア」と書かれている。

一瞬にして、私の頭のなかにもオレンジ色の光が灯《とも》った。脳内が、新しい電球に付け替えた直後の部屋みたいになった。

気がついたら、平台に置かれていた一冊を手に取っていた。タイトルは「ウィーンの街角から愛をこめて」。カバーには、チェロを抱えた著者の写真。オレンジ色の帯には、白抜きのゴチック体と赤字の組み合わせで「ヨーロッパに音楽留学をした著者のアーティスティックな体験記」と記されている。ぱらぱらっとページをめくってみた。読みやすくて、親しみやすい文章。本人が撮影したらしい写真も載っている。

手当たり次第に文庫を手に取って、つぎつぎにページをめくってみた。

著者はみんな、ノンフィクション作家でもなく、エッセイストでもなく、著名なライターでもない。これらは、一般人の体験記を出版している文庫のシリーズなのだ。

ふたたび別の一冊に手をのばして、今度は奥付を見てみた。五刷になっている。その隣の本は三刷。売れているようだ。だからこうして、フェア用の帯がかかっているのだろう。

奥付の右隣のページには、こんな文章が載っていた。

「小社では常時、体験記の原稿を募集しています。四百字詰原稿用紙で五枚以内にまとめた作品の概要を添えて、左記までお送り下さい。編集部内で、書籍として刊行できそうかどうか検討した上、ご連絡を差し上げます」

これだと思った。

これしかないと思った。

こういう方法があったんだと思った。

発想の転換だ。グローバル出版でアルバイトをしていた私に、紗江ちゃんは「フリーライターだと宣言すれば、その日からフリーライターよ」と教えてくれた。そうなのだ、賞に応募し、受賞しなくてはノンフィクション作家になれない、という発想を捨てて、先に原稿を書籍にしてもらってから作家になるという方法にチャレンジしてみよう。

平台全体に素早く視線を走らせて、国名を追ってみた。アメリカ、イギリス、オーストラリア、フランス、スイス、スペイン、カナダ、オーストリア、イタリア、イスラエル、ギリシャ、タイ、インドネシア、シンガポール、トルコ、ブラジル、ニュージーランド

……インドは？

なかった。ない。インドはまだ、出ていない！

萎《な》えていた気持ちが一気にしゃんとした。お辞儀をしていた苗がくいっと首《こうべ》をもたげた。

原稿を本にしてもらうためには、まず、なんらかの賞を取らねばならないと、かたくなに思い込んでいた。けれどもよく考えてみれば、みなくても、そんな決まりなど、どこにもないではないか。

帰り道、満員の小田急電車のなかでもみくちゃにされながら、いつだったか、インタビューしたときに聞いて以来、いまだに忘れられない、女優の言葉を思い出していた。凛《りん》とした横顔と、りりしく清々《すがすが》しい表情とともに。

「好きなことなら、命がけでつづけなきゃ駄目ね。人にはそれぞれ、誰になんと言われて

も、手放せないものがある。私にとっては、それは仕事なの。仕事は私を裏切らない。やればやっただけのものが返ってくる。私にはこの仕事しかない、そういうふうに言い切れる仕事と共に生きる人生。これ以上に幸せな人生があるかしら」

ないと思った。

休火山の大噴火

今は八月。

私の頭からは、もくもくと蒸気が噴き出している。

暑い。とにかく暑い。猛暑と酷暑を足して、うだるような暑さを掛け、さらに二乗したような暑さだ。うちわでパタパタ、首筋や胸もとに風を送り込みつつ、額からも背中からも汗をだらだら流しながら、ワープロの前にどっかりあぐらをかいて座り込み、原稿を書いている。

ときどき、ワープロのキーボートの上に、汗がしたたり落ちる。

どこからか侵入してきた蚊《か》が、蚊取り線香の煙をものともせず、私の太ももに針を刺し込んで、熱い女の血を吸おうとしている。

「いやっ！」

「痛っ！」

「かゆっ！」

真夏のまっ昼間の原稿執筆は、どこか、禅の修行僧の修行を思わせる。けれどもこの苦行、私にはちっとも苦にならない。それどころか、楽しくてうれしくて幸せでたまらない。全身、汗まみれになってはいるけれど、心には涼風が吹き抜けている。いつまででも書いていられる。あしたの朝まででも書きつづけていたいくらいだ。

ワープロのすぐそばには、ぶあつい印字原稿が置かれている。私が印字し、編集者の長谷川寛樹さんに送ったものに、長谷川さんが鉛筆で、コメント、指摘、指示、意見、感想などを書き込んでくれている。私はそれを見ながら、ワープロに保存してあった元原稿に加筆したり、訂正を加えたりしながら、推敲を重ね、最終的な原稿を完成させようとしているのである。

全十章のうち、今は五章の半分くらいまで進んできている。

五章と六章が仕上がったら、長谷川さんの用意してくれた返信用封筒——速達の判子が押されていて、切手も多めに貼られている——に入れて、郵便ポストに投函《とうかん》する。

「水沢さんにとって、一番やりやすい方法で進めましょう」

二ヶ月ほど前、長谷川さんの働いている会社——修学書房という——を訪ねて打ち合わ

せをしているとき、彼がそう言ってくれたので、

「それでしたら、二章分ずつくらい、できあがった順番にお送りしてもよろしいでしょうか。その方が、私にとって、励みになりますので」

と、私は提案した。

すると長谷川さんは、穏やかな笑みをたたえたまま、

「わかりました。僕にとっても、その方が有り難いですし、日々の楽しみも増えます。……あ、少々お待ち下さい」

と言って、静かに立ち上がると、オフィスの奥の方へ姿を消し、再び私の目の前にもどってきたときには、切手の貼られた返信用封筒を五通、手にしていた。

「二章分ずついただけるということなので、五回分の封筒をご用意しました。もっと必要になったら、いつでもお電話下さい」

差し出された封筒を受け取ったとき、私はなんだか、くらくらしていた。なんの変哲もない茶封筒が、燦然《さんぜん》と輝いているように見えた。途方もなく素晴らしいものが差し出されたかのような、心のこもった贈り物を受け取ったかのような、胸の高鳴り。とにかくこれは「特別な封筒だ」という気がしていた。

あのときはまだ、なぜ返信用封筒が特別なのか、自分でもよくわかっていなかった。

印字原稿を一枚めくって、次のページに現れた長谷川さんの鉛筆書きの文字を拾いなが

ら、私は思う。

今はわかる。わかり過ぎるほどに、わかる。今は残り三通になっている返信用封筒が、なぜ特別なのか。なぜ、輝いているのか。それは、長谷川さんの、この「鉛筆入り原稿」――と、彼は呼んでいた――が特別で、彼の手書きの文字が特別で、彼の指示が特別で、何よりも、彼自身が特別な人、だからなのだ。

――この人物、もうちょっと肉づけできないか？　たとえば服装、たとえば髪型、しゃべり方などの描写（もしも特筆するべき特徴がほかにもあったなら）、あるいは、家族構成など？

北欧の静謐《せいひつ》な森みたいな雰囲気をまとった長谷川さんその人を彷彿《ほうふつ》させる、端正な文字を、私は凝視する。文字通り、穴があくほど見つめる。

それから、「うん」とうなずいて、キーボードを打ち始める。

長谷川さんの指示に従って、ニューデリーで病気になったとき、診察してもらったインド人女性医師の服装、髪型、足には何を履いていたか、などを書き込んでいく。家族構成は確か、夫がひとり、息子がひとりだったはず。彼女のデスクの上には、三人家族の写真が置かれていた。

「あっ」

と、私は思いつく。

そうだ、家族の写真のほかに、彼女のデスクの上にどんなものが置かれていたのかを書き込めば、この女医の人となりは、もっとあざやかに伝えることができる。

たとえば、ある人物にインタビューして、雑誌の記事を書こうとしているときには、その人の生まれた年、出身地、出身大学、キャリアの、容姿の、趣味、特技、性格などについて説明し、正確な情報を読者に与えることが何よりも重要なのかもしれないが、一冊の本を書こうとしているときには、それらに加えて、たとえば、その人のはいていたパンティストッキングに一本、伝線が走っていた、というような、さり気ないけれどリアルな一行を添えることで、その他の要素もさらに生きてきて、まるでその人が読者の目の前にいて、肉声で語りかけているかのような臨場感を醸し出せるのではないか。

要は、説明ではなくて、描写が必要だということか。

これまで雑誌のフリーライターの仕事を積み重ねてきて、限られた文字量のなかで、その人物をいかに強く印象づけ、読者を引きつけていくか、に腐心してきた私は、知らず知らずのうちに、描写術のようなものを学び取っていたのかもしれない。そして、長谷川さんの手書きの指示は、そのような私の潜在的な力を、引き出してくれているような気がしてならない。

長谷川さんの細かい指摘によって、原稿がぐんぐん良くなっていることがわかる。だから彼は特別な編集者なのだ、と、私は再確認する。と、同時に、まったく別のことも認識する。

そうじゃない、そんな理由じゃない。

長谷川さんが特別なのは――

長谷川さんに初めて会ったのは、今から二ヶ月ほど前、六月の半ばの梅雨晴れの午後だった。

五月の夕暮れの書店で出会った「飛び出せ日本！　海外生活体験記フェア」。そこで見つけた「体験記募集」の要項。数日後、編集部宛てに送った、私の原稿「女ひとり、インド世界へ」と作品の概要。送ってから十日も経《た》たないうちに、かかってきた電話。

「修学書房の長谷川と申します。このたびは、御原稿をお送りいただきまして、ありがとうございました」

初めて耳にした長谷川さんの声は、柔らかくて温かいのに、まんなかに硬い芯《しん》を秘めている、2Bの鉛筆のようだった。

聞いた瞬間、「何かものすごく素敵なことがこれから起こる」という予感がした。

私の予感は必ず当たる。

悪い予感も、いい予感も。そのときには「これは絶対にいい予感だ」と確信していた。

長谷川さんはまず、私の作品を褒めた。

「大変おもしろかったです。ページをめくる手が止まらなくなって、気がついたら、真夜中になっていました」

ほとんど、褒めちぎったと言っていい。あそこも良かった、ここも良かった、と、いいところばかりを挙げてくれた。

文章の基礎がしっかりしている。今までに何冊か、プロのライターとして、本を出されたことがある人なのではないかと思った。のけぞりそうになる言葉の数々。我が耳を疑うほど甘いささやきの最後は、このように結ばれた。

「この体験記シリーズのなかで、インドはこれまでにまだ出ておりませんし、これからも出る予定がありませんので、水沢さんのインド体験記、ぜひ、弊社で出させていただきたいと思います。すでに編集部内でも企画は通っています」

予感はずばり的中した。確信は、事実によって、裏づけられた。これは奇跡だ。奇跡が起こった、今、起こっている。確信しながら、受話器を耳にぐいぐい押しつけていた。一言一句、聞き逃してはならない。何しろこれは奇跡の電話なのだから。

「つきましては、出版を前提にして、この原稿をさらにブラッシュアップしていただき、より多くの読者を獲得できる魅力的な作品にするために、僕の方から何点か、手直しのお願いやリクエストなどをさせていただいてよろしいでしょうか？」

いいに決まっている。どんどんお願いして欲しい。どんなリクエストにも応えてみせる。矢でも鉄砲でも大歓迎だ。

「もちろんです。ぜひ、お願いいたします」

「ありがとうございます。では、水沢さんには一度、弊社までお越しいただき、ご挨拶と、原稿を挟んでの具体的な打ち合わせをさせていただければ幸いです」

幸いだ。幸い過ぎる。こんな幸いなことがあっていいのだろうか。

会社を訪ねる日時を決め、受話器を置いたあと、何度でも頬をつねって、これが夢ではないことを確かめたいような気持ちだった。

初回の打ち合わせは、何もかもスムーズに進んだ。とんとん拍子とは、このような拍子のことを言うのだと思った。

私は会社の会議室に通され、そこに長谷川さんと上司に当たる人が現れ、挨拶を済ませたあと、上司は去っていき、長谷川さんと私は向かい合って、打ち合わせを始めた。ふたりのあいだにあるテーブルの上には、私の書いた原稿が置かれている。

彼は一枚、一枚、丁寧にページをめくりながら、微に入り細を穿《うが》ち、感想や意見を述べてくれた。ここもいい。あそこもいい。ここはとてもよく書けている。この場面が印象的だった。インドがこんな国だったとは、驚きです。その驚きを伝えようとする、水沢さんの文章が光っている……などなどなど。

私は天にも昇るような心地になっている。まさに、夢見心地である。電話を受けたときと同じだった。こんなことがあっていいのだろうか。これは奇跡に違いない。どこにいるのかわからない神様に、この場でひれ伏して、感謝を捧《ささ》げたいと思った。

打ち合わせが終わりに近づいてきた頃、長谷川さんは私に、タイトルの「インド世界」について、質問をした。

なぜ「インドへ」ではなくて「インド世界へ」なんですか？ と。

目の付け所がいいと思った。さすがだと思った。なぜなら、私が描きたかったのはインドではなくて、インド世界だったから。「インド世界」という言葉こそ、「インド」という国をひとことで言い表すのにふさわしい。インド世界とは、この作品を支える、屋台骨のような言葉なのである。

というようなことを、私は長谷川さんに説明した。情熱的に、言葉を尽くして。自分でも、言葉が熱くて舌をやけどしそう、と感じていた。

身を乗り出すようにして、私は言った。

「つまり、この世界にインドがあるのではなくて、インドに世界がある、ということなんです。旅行中、列車のなかで出会ったあるインド人が、こんなことを言っていたんです。世間話として、『外国へ旅行するとしたら、どこの国へ行きたいですか』って、私がたずねたとき、その人はこう答えたんです。『私はどこへも行きたくないし、行く必要もない。なぜならインドには、世界が存在しているからだ』って。その言葉がずっと、旅行中も、帰国後も、胸に残っていて、でもどういう意味なのかわからなくて、でもこの作品を書き上げたとき、すーっと意味がわかったような気がして。それで、タイトルにしようって思いついたんです。確かに私もそう思っています。インドには、世界があるんだって」

長谷川さんは終始、弥勒菩薩《みろくぼさつ》みたいな笑みを絶やさず、私の話をとても熱心に聞いてくれていた。

性急で落ち着きがなく、喜怒哀楽が激しく、すぐに頭に血がのぼってしまう私とは対照的で、穏やかで、どっしりかまえていて、ちょっとやそっとでは動じない、「風林火山」の「山」のような人だと、私には思えていた。いかにも頼りになる編集者、という感じがした。

彼は、タイトルに関する私の話が終わると、

「なるほど。インドには世界があるわけですか……」

心の底から、言葉がゆっくり浮かび上がってくるような口調でそう言うと、手もとに原稿の束を引き寄せて、つかのま、黙って原稿に目を落としていた。

砂時計の砂が、さらさらさらさら落ちていくような、清潔な沈黙が立ち込めた。それほど長い時間ではなかった。おそらく、たかだか数十秒くらいのあいだに起こった出来事だ

ったのではないかと思う。

うつむいて、原稿の一部を読んでいるのか、ただ見つめているだけなのか、わからなかったけれど、黙ってうつむいている長谷川さんの額、まぶた、まつげ、頬、口もと、原稿に添えられている指、指先、爪、手のひら、腕時計などを、眺めるともなく眺めていると、突然、心臓が、何者かに驚かされて電線からぱっと飛び立つ雀《すずめ》のように、跳ね上がったのがわかった。

動悸《どうき》が急に速くなっている。

あれっ、どうしたの？ なんなの、これ。どういうこと？ なんでドキドキするの？

自分で自分の心臓に、裏切られているような気がして、私は狼狽《うろた》えた。

長谷川さんは原稿からぱっと顔を上げると、目を細めて、再びあの弥勒菩薩の笑みを私に向けた。

「インド世界については、非常によく理解できました。インドには世界がある。帯の謳《うた》い文句に使いたいですね。あの、水沢さん、タイトルに関して、もうひとつ、質問をしていいですか？」

「はい、あの、どうぞ」

次に飛んできた質問は、私の体にぽっと火を点《つ》けた。種火のような質問だった。

「では、『女ひとり』の方はなぜですか？ どうして『女ひとり』なのか、差し支えなければ、教えていただけますか？」

火を点けられたら、燃え上がるしかない。

めまいがしそうだった。原稿のなかに、離婚のことは何も書いていない。ただ「日本でいろいろいやなことがあって、それを忘れるためにもひとり旅をしている」というようなことは随所に書き込んであった。この人は何もかも、見抜いているのだろうか。

私の原稿をすみずみまで読んでくれた人に対して、嘘《うそ》は言いたくない。正直な答えを返そうと思った。

「実はインドへ行く前に離婚して、ひとりになっていたんです。女ひとりには、そういう意味をこめました」

初夏の夕暮れ時にさやさやと木の葉を揺らす、優しい涼風のような答えが返ってきた。

「そうだったんですか。なんだかそうなんじゃないかなと思っていました。単なる『ひとり旅』ではないような気がして。実は僕は、水沢さんとおない年でして、僕も離婚をしてまして、原因は妻の不倫だったんですが、僕たち、なんだか、似た者同士ですよね。僕も彼女と別れたあと、前に勤めていた会社を辞めて、北欧をひとりで旅したことがあるんです。けっこう長い旅でした。そういうこともあったので、水沢さんの書かれた原稿に……なんと言うのか、僕は、強く惹《ひ》かれました」

今度は、火の点いた矢がまっすぐに飛んできた気がした。頬がさぁっと紅く染まってしまった。おない年、僕も離婚、似た者同士、僕もひとり旅、僕は、惹かれました？

年齢には似合わないようにさえ思える落ち着き。すべてを悟ったような温和な表情。そこに見え隠れする深い孤独の影のようなもの。それらの理由、つまり、長谷川さんを特別な人であらしめている理由は「離婚」にあった。この人は私と同じように、相手に裏切られる形での別離を経験した人なのだ。

私はそのとき「ああ、どうしよう。いい、もしも、この人を好きになったら、どうしよう」と焦っていた。まだ好きになってはいないけれど、これからなったらどうしよう、と。

長いあいだ、恋から遠ざかっていた私は、すっかり忘れてしまっていた。恋とは「もしも」から始まるものなのだということを。仮定したときには、すでに始まっているのだということを。

返信用封筒を五通、受け取ったその日の帰り道、私は何度も自分に言い聞かせた。あの人を好きになってはいけない。あの人はインド旅行記の編集者、つまり、仕事関係者。仕事と恋愛を混同してはいけない。そんなことをすれば、恋も原稿も駄目になる。絶対に、好きになってはいけない。追いかけるうさぎは一羽、原稿のみにしておかねば。

言い聞かせながら、がらがらと崩れ落ちていく落城の音を聞いていた。好きになってはいけない、と、言い聞かせるところから、急速な転落が始まる。恋とは、そういうものなのだ。

家に着く頃には「もう駄目だ」と観念していた。もう駄目だ。はまってしまった。ここから抜け出すことはできない。もう二度としない、してたまるか、そんなものに人生を明け渡してたまるか、そんなものに振り回されてたまるかと、目の敵《かたき》にしてきた――「ここ」とは恋の迷路であり、私がはまったのは、人生の落とし穴だった。

「ふぅぅぅぅ、でっきたぁぁぁぁ」

熱帯夜が更けてきた頃、第六章の改訂原稿を仕上げることができた。

書き上げたあと、長谷川さんの殺し文句を思い出しながら、章全体を読み直した。

それは、火花の飛び散るような打ち合わせが終わりに近づいてきたとき、突きつけられたナイフのような言葉だった。

「思い切って、離婚の経緯と顚末《てんまつ》を、どこかにしっかりと書き込んで下さいませんか？そうすれば、さらに多くの女性読者の心の琴線に触れるだろうし、共感を呼ぶだろうし、なぜ、インドなのか、インド世界なのか、なぜ女ひとりのインド世界なのか、説得力が増すと思うんです。単なるインド旅行記ではなくて、インド世界を、ひとりの自立した女性である水沢さんがどのように見ているのか、どのように感じているのか。その部分こそを、読者は読みたいのではないでしょうか？　もちろん僕もそのひとりです。どうせ書くのだったら、裸になって、書いて欲しいんです。この作品には、旅行記を超えた何かがある。

それは、裸になって書く価値のある何か、なのではないでしょうか」

私は書いた。裸に近い格好で。汗をかきながら、蚊に刺されながら、夢中で書いた。まるで、愛する人とセックスをするかのごとく、書いた。離婚については、第六章であますところなく語った。私は長谷川さんに対して、語っていたんだと思う。

あしたの朝、起きたら、第五章と第六章をまとめて印字して、返信用の封筒に入れ、ポストに投函しよう。長谷川さんへの手紙も添えて。

第一便、第二便を送ったときにも、私は手紙を同封した。書き上がった原稿に対する感触、長谷川さんの指示や指摘に対する感謝、そして、今後の抱負などを綿々と綴《つづ》った。ラブレターではなかった。あくまでも、ビジネスレターだった。しかし、そこにこもっていた熱は、異常なまでに高かったはずだ。

原稿を受け取ると、長谷川さんはすぐに電話をかけてきてくれる。

「たった今、届いたところです」

と、まだ封を切らないうちに、無事受け取ったことをまず知らせてくれる。

そのこともうれしかったけれど、それから二、三日後にもう一度、静かな場所から電話をくれて、読後の詳しい感想を伝えてくれる。それがまた、うれしい。第一便に対しては「見違えるほど良くなっている」という大絶賛の言葉もあったし、「つづきが早く読みたくてたまらない。次はいつ頃できそうですか?」という催促の言葉もあった。まるで「またすぐに会いたい。次はいつ会えますか?」と請われているような気がした。

第二便を送ったあとは、到着後にまず電話。数日後にはファックスで、感想の手紙を寄越してくれた。舐めたくなるほど、吸いつきたくなるほど、ファックス用紙は甘い言葉で埋め尽くされていた。まさにラブレターのような手紙だった。もちろん彼の愛情は、私ではなくて、原稿に注がれていたわけだけれど。

裸で書いて、送る。原稿に対する返事が来る。原稿をほめられる。つづきが待ち遠しいと言われる。これらが、愛の行為でなくて、いったいなんだろう。編集者と作家が恋愛関係に陥るのは、当然のことだと悟った。無論、私はまだ作家でもなんでもないわけだが、作家の気持ちは手に取るようにわかる。原稿を書き、送り、反応を待つ。相手の反応に対して、反応する。つまり、身をくねらせて、悶《もだ》える。これはまさしく愛の交歓。それ以外の何物でもないではないか。自分の書いたものをほめられる、認められる、ということは、その人の核というか、心臓というか、言ってしまえば、すべてを理解され、愛されることに等しいのだ。

「……では、そういうことで、次は第七章と第八章、お待ちしています。この分だと、秋口くらいまでには脱稿できそうでしょうか?」

「はい」

「楽しみですねぇ。ページのレイアウトとか、装幀《そうてい》とか、造本とか、帯のフレーズとか、僕の方でもしっかり考えておきますね」

「はい」

「そのうち、どこかで会って、美味《おい》しいものでも食べましょうか」

「はい」

さっきから、「はい」しか言えなくなっている。まるで小学生みたいだ。胸はキュンキュン、頬は耳までピンクに染まって、うれし恥ずかし人生薔薇色《ばらいろ》。

電話を終えたあとは、その場にくずおれて、ふにゃふにゃになってしまっている。そうだった、私はひとたび恋をすると、軟体動物になってしまう。塩をかければ、なめくじみたいに溶けて、なくなってしまうのだった。


原稿を最後まで書き上げて、第五便の速達を送ったのは、十月の初めだった。

最後の返信用封筒に忍ばせた手紙の末尾に、私はこう書いた。さり気なく、さわやかに、あっさりと、物欲しげにならないよう、下心が見えないよう、細心の注意を払って。

「長谷川さんのおかげで、こうして最後までたどりつくことができました。感謝の気持ちでいっぱいです。私からのささやかなお礼として、よかったら近いうちにどこかで、お食事でもしませんか？　ご都合をお聞かせ下さい。長谷川さんのご都合に、合わせることができます」

この手紙には、原稿よりも長い時間をかけて、推敲を加えた。

誘われるのを待っているのは、性に合わない。先手必勝。自分から誘うのが、闘う女の恋の戦術なのである。

投函した翌日に、電話がかかってきた。お昼の十二時過ぎだった。

「原稿、いただきました。ありがとうございます。あの、水沢さん、急なんですが、きょう、お目にかかることはできますか？　どうしても会って、お話ししたいことがあります。場所は、水沢さんのご指定のところにうかがいます。時間も合わせます。夕方でも夜でも。なんだったら、新百合ヶ丘まで、僕が出向いていくこともできます」

胸がぱかっとふたつに割れて、そこからまっ赤なマグマが噴き出してきた。

水沢菊香、バツイチ三十三歳、長きにわたって活動を停止していた、休火山の大噴火である。

人生、谷あり谷底あり

パン食い競争のパンに、大口をあけてがぶり、かぶりつこうとした瞬間、横から誰かにすいっと持っていかれた。

違う。そんなレベルのたとえでは、今のこの状況には、とても追いついていない。登れ、登れとけしかけられて、登った高い屋根のてっぺんで、梯子《はしご》をはずされ、取り残された。降りる術《すべ》は見つからない。

違う。まだまだ足りない。

無罪判決が下ると思って臨んだ裁判で、いきなり死刑を宣告された。

わりと近くなってきている。でもまだあとひと押し、足りない。リアルさに欠ける。

美容室で椅子を倒され「これからシャンプーします」と告げられたはずなのに、ふと気がついたら、ギロチン台の上に仰向《あおむ》けになっていて「もうじき刃が落ちます」と、耳もとで悪魔に囁《ささや》かれた。

うん、これだ。

これなら、今の私の置かれている状況を、的確に言い表せている。

ここは、新宿駅東口の駅ビルの最上階にある小さな喫茶店「プチモンド」。

目の前には、白いコットンのシャツとブラックジーンズがよく似合う長谷川さんが座っている。テーブルの上には、コーヒーカップがふたつ。私のカップのなかでは、黒い液体が冷え切って、まるでコーヒーゼリーのように見える。

きょう会いたい、どうしても会って、お話ししたいことがある、と、どこか切羽詰まった口調で電話をもらったのは、お昼過ぎだった。なんなら、私の住んでいるアパートの最寄りの駅「新百合ヶ丘まで、僕が出向いていくこともできます」とまで言われた。そのとき私は、とっさに部屋を見回して、今夜、この部屋で、いよいよ長谷川さんと……？　と、不埒《ふらち》な想像をたくましくし、頬をピンク色に染めてさえいた。

　馬鹿だった。

　大馬鹿だった。

　馬鹿につける薬はない、というのは真《まこと》に言い得て妙である。

　あわててスケジュール帳を見てみると、あいにく午後三時から取材が一件、入っていた。私は慎み深く、かつ、残念さを隠し切れないような声で答えた。

「あの、きょうは三時から都内で一件、雑誌の取材の仕事が入っていますので、それが終わったあと、たとえば五時とか、六時とかでしたら」

　句点を打つべき場所に読点を打つようにして、長谷川さんは言った。

「わかりました、それでしたら水沢さんの帰りの電車のこともありますから、新宿駅で会いましょう、時間は五時でお願いします」

　帰りの電車とは、私が小田急電車で帰宅することを意味している。なんて優しい、なんてこまやかな心づかいのできる人。無理に、帰宅なんてしなくても、どこかであなたと泊まってもいいんだけど、などと、私の頭は雲ひとつない脳天気。

長谷川さんはてきぱきと「プチモンド」の場所を説明した。

メモを取りながら、私は思っていた。

これって、デートなの？

打ち合わせなの？

脱稿のお祝いに決まってるよね？

原稿に添えて送った私の熱い手紙「よかったら近いうちにどこかでお食事でも」に対するお返事だよね？　だとしたら、まずこの喫茶店で小一時間くらいお茶をして、それから食事に行って、祝杯を挙げて、会話も弾んだ食事のあとは……？　と、ひとり勝手に、うきうきしていた。ぞわぞわしていた。むずむずしていた。こんな気持ちになるのは、何年ぶりのことだろう。期待で胸が膨らみ過ぎて、ブラジャーのホックを、いつもよりゆるめに留め直さなくてはならなかった。

取材終了後、新宿まで移動し、駅の化粧室で抜かりなく髪の毛と化粧を直してから、四時五十五分にプチモンドに到着すると、すでに長谷川さんは、店のいちばん奥にある窓際の席に着いて、私を待ってくれていた。それだけでも、足がもつれそうになるほど、うれしかった。ガラス窓の外には、新宿の繁華街。あたりはまだ明るいものの、気の早いネオンサインがぴかぴかしている。

お店の入り口付近に現れた私の姿を目に留めた長谷川さんは、まず笑顔になって、座ったまま右手を小さく挙げた。

が、次の瞬間、視線をふっと、テーブルの上に落とすのが見て取れた。

そのとき、なんだか、悪い予感がした。

悪い予感？

そう、悪い予感。胸騒ぎざわざわ。このときばかりは「お願い、はずれて」と、自分の予感に対して、祈りたいような気持ちだった。

でも、悲しいかな、私の予感は必ず当たるのだ。

予感するから、そういう結果を呼び寄せるのか、それとも、未来にそういう結果があるから、予感が生まれるのか。

長谷川さんは、私が向かい側の椅子に腰をおろして、ウェイトレスにコーヒーを注文すると、いきなり頭を下げた。

「申し訳ないです。水沢さん、すみません。どんなにお詫《わ》びをしても、許されることではないとわかっているのですが」

「は？」

ここまでが前置き。

そのあとにつづいた本題を、赤くなったり、青くなったりしながら、私は聞いた。

気持ちとしては「泣きたい」はずなのに、なぜか、涙がすでに涸《か》れてしまっている。喉もからからに渇いている。それなのに、コーヒーも、お水も、喉を通らない。お水の入ったグラスの下から滲《にじ》み出た水滴が、幾重にも水の輪をつくって、テーブルを濡らしている。私の心もびしょびしょだ。

「今朝、営業と編集が集まって開く合同会議がありまして、その会議のなかで……」

海外生活体験記の文庫シリーズに関する討議がなされた。

営業部からの報告によると、数年前までは、出す本、出す本、快調にヒットを飛ばしてきたのだが、昨年あたりから、他社刊行の類似本が雨後の筍《たけのこ》の勢いで出るようになり、それらに押され気味になってきて、売り上げは低下の一途をたどり、今年になってからは、返品率だけが上昇している。これは、このジャンルの書籍が、飽和状態にあるということの証《あかし》ではないか。このあたりでいったんシリーズを打ち切り、また別のシリーズを立ち上げるべきではないか。営業部のみならず編集部内でも、そのように考えている人が多数を占めていたという。

「あの、打ち切りって?」

私の原稿の出版予定も打ち切り、ということ?

まさか、まさか、まさか。

「これ以上、本シリーズの新刊は出さないということで、しかしながら、現在進行中の企画については、きちんと出版する、という結論が出たのですが、水沢さんの原稿の場合、原稿はできあがっているわけですが、それ以降の進行が未定でしたので、いったん保留ということになりまして、僕としては、個人的な思いもあって、なんとか水沢さんの原稿は形にしたいと思いまして、懸命に主張したのですが、何しろタイミングがタイミングでして、いただいたばかりの原稿を僕自身がまだ最後まで読めていないこともあり、つまりそれは、原稿が完成できていないことにもなるわけで、結局……」

長谷川さんの口調も、しどろもどろになってきている。死刑宣告をされる方もつらいけれど、する方だって、つらいのだろう。

でも、同情している場合じゃない。死ぬのはこっちなのだ。ギロチン台で、今まさに、首を落とされようとしているのは、この私なのだ。

「結局、駄目だった、ということですか？」

「はい、せめてゲラになっていれば、いえ、印刷所にさえ入れてあれば、なんとかできたかもしれないのですが……」

「でもさっき、『いったん保留』っておっしゃいましたよね？　それって、どういう意味ですか？　まだチャンスがあるから、保留ってことでは？」

「……」

長谷川さんは沈黙した。出会いの日からきょうまで、ふたりのあいだに流れた時間がすべて、吸い込まれていくような沈黙だった。絶望的に深いその沈黙によって、私は理解した。「保留」には、意味はないのだと。「前向きに検討する＝まったく検討しない」と同じで、「いったん保留＝ボツになる」ということなのだと。

「永久に保留。そういうことなんですね」

最後に「？」は付けなかった。

これまでに私の書いた原稿、一行一行、一字一句、インド世界を構成している細かい分子が全部、空中分解して、ばらばらになって、あたりに散らばったかのような錯覚。

長谷川さんは黙ったまま、目の前のお水のグラスを取り上げて、一気にぐいっと飲んだ。コップを静かにテーブルの上にもどしてから、両手を太ももの上に置き、もう一度、深々と頭を下げた。

「本当に申し訳ないです。なんとお詫びをしていいか、わかりません。会社が決めたことなので、僕の立場ではどうすることもできません。謝るしかありません。ただ、僕としては……」

すがりつきたいような気持ちで、私は長谷川さんの額のあたりに目をやっている。ちょっと出っ張って、そこにだけ少年時代の面影が残っているようなおでこに、乱れた前髪が少しだけ、かかっている。こんな会話のまっさいちゅうでなかったら、指をのばして、かき上げてあげたくなるような、さらさらっとした髪の毛。

「僕としては、本当にいい原稿だと思うし、多くの読者に届けたい作品だと思うし、出したい気持ちに微塵《みじん》も変化はなく、なんとかしたいと心から思っていまして」

小さな咳払《せきばら》いをひとつしたあと、長谷川さんは、手帳に挟んであった一枚の名刺を抜き取って、私に手渡した。日本人なら誰でもその名を知っている、有名な大手出版社の名前が印刷されている。書籍第三編集部。肩書は「副編集長」になっている。

「その人、僕の大学の先輩に当たる人なんです。そこ、弊社よりもずっと大きな会社ですし、いろんな本を出していますし、書籍第三というのは、ノンフィクションを出している部署なんです。だから、水沢さんの原稿、出版の可能性はじゅうぶんあると思うんです。僕の方から、話はしておきます。よろしければ、いただいている原稿も、僕から彼にお送りさせていただきます。よろしければ一度、水沢さんからコンタクトをなさってみて下さい」

「……」

今度は私が黙る番だった。

振った女に、別の男を紹介しようとしている？

轢《ひ》き逃げをしたあと、示談に持ち込もうとしている？

この名刺は、手切れ金？　慰謝料？

喜んでいいのか、悲しんでいいのか、私にはわからない。うれしいのか、うれしくないのか。頭が混乱してしまっている。心なしか、名刺を持っている私の手が、震えているような気がしてならない。

深呼吸をひとつしてから、消え入りそうな声で言った。声はかすれていて、か細かったけれど、気持ちはしっかりとこもっていた。すべて、心の底から湧き出てきた言葉だった。ここで言うべきことを言わなくては、女がすたる。そんな思いもあった。

「お気づかい、ありがとうございます。すごく残念です。私がここまでがんばれたのは、長谷川さんが付いてて下さっていたから、だったのに。長谷川さんの会社から、出していただきたかったです。最後まで、長谷川さんに編集していただきたかったです。だって」

好きだったんです。

好きだったんです、あなたのことが、私。

谷に突き落とされた女が、谷底で、叫んでいた。好きだったんです、と。

「すみません」

「謝らないで下さい」

「すみません」

「謝らないで下さいますか」

「ごめんなさい」

「謝らないでって、言ってるじゃないですか！」

自分で自分の言葉を聞きながら、自分に深く、同情していた。

かわいそうな私。

別れ話のしめくくりとして、好きな人から謝られるなんて、最低じゃないか。いや「好きな人」ではない。ついさっきも、そう思ったばかりだ。この人は「好きだった人」。原稿がボツになったら、恋もボツになる。片方だけがうまくいくことはあり得ない。失うときには、両方を失う。一蓮托生《いちれんたくしょう》。この恋は、そのような恋だったのだ。

長谷川さんと別れて小田急電車に乗り、向ヶ丘遊園駅で各停に乗り換えて、百合ヶ丘駅までもどった。

よく、金額と行き先を間違えないで切符を買って、改札をくぐり抜け、階段を転ばずに上り下りし、正しいホームから正しい電車に乗れたものだと、あとで思い出しても感心してしまうくらい、私は呆然《ぼうぜん》としていた。身も心も、よれよれだった。内臓がことごとく、ずたずたになっていた。体はまるで抜け殻のようになっているのに、その抜け殻が重くてたまらない、というような状態。

とりあえずすみれ食堂に立ち寄って、夕飯をたらふく食べてから、アパートにもどろうと思っていた。失意、失恋、失望。喪失を埋めるためには、まずは空腹を満たさないと。部屋にもどって思い切り泣くためにも、まずは腹ごしらえをしておかないと。

コロッケ定食、鯖《さば》の味噌《みそ》煮《に》定食、鯵《あじ》フライ定食、秋刀魚《さんま》定食、おでん定食、さあ、どれにするか。

「菊香ちゃん、久しぶり！」

「ごはん、大盛りにしとく？」

「コロッケ、もうひとつ、おまけしとくわ」

「菊香ちゃん、何かあったの？　大丈夫？」

すみれさんの優しい言葉を、今夜は雨を待つ乾いた土地のように求めていた。

百合ヶ丘駅で降り、陸橋を渡って、すみれ食堂の前までたどりついた私を出迎えてくれたのは、けれども、すみれさんの笑顔ではなかった。

入り口のドアの前に、一枚の貼り紙。


「一身上の都合により、しばらくのあいだ、休業いたします。

ご迷惑をおかけし、まことに申し訳ございません。玉岡」


すみれさんって「玉岡」という苗字だったんだ、と、妙なところで驚きながら、つかのま、筆か筆ペンで書かれている端正な文字を見つめていた。思わず知らず、喉のあたりをぎゅっと手で押さえていた。絶対に当たって欲しくない悪い予感が、湧いてくるのを止めたかった。

すみれさん、何かあったの？　大丈夫？

突然、すうっと水位が上がったかのように濃くなった秋の夕闇に包まれて、私はあたりを見回した。

見慣れた通りの見慣れた草むらのなかで、こおろぎが鳴いている。

すみれさん、また来るからね。きっと、また来るから、元気でいてね。

お腹が、ぐう、と鳴った。

どこか、ほかに、ひとりでふらっと入れるようなお店はないか。

空腹のまま坂道を登っていく体力は、微塵も残されていない。家にもどって、自分で夕飯をつくるのも、面倒でならない。駅前までもどれば、ファストフード店もあればイタリアンカフェもあるし、パン屋もあれば蕎麦屋《そばや》もある。が、引き返すだけの気力がない。

あ、あった。

すみれ食堂からほんの数メートル先に、一軒、オレンジ色の明かりの灯っている店があった。いつもはそのそばをただ通り過ぎるだけの店。自分には縁のない店だと思いつづけてきた「スナック　涼」。

「りょう」と読むのか「すず」と読むのか、わからない。スナックだから、きちんとした料理が出るかどうかもわからない。けれど、酒のつまみくらいはあるだろう。なんなら一杯、飲んでもいい。とりあえず、入ってみよう。ここなら、女ひとりでもなんとなく恰好《かっこう》がつくのではないか。そんなふうにも思っていた。

「こんばんは」

扉を押すと、カウベルが「カラランコロロン」と涼やかに鳴った。ほとんど同時に、

「いらっしゃーい」

低めで男っぽい声の、ちょっと太めの女の人に出迎えられた。化粧が厚く、年齢は不詳。だが、妙に色っぽい。美人というよりは、派手な顔立ち。

「あらー、可愛いお姉さん。ようこそー」

カウンターのなかから私にそう呼びかけたママさんの声に、カウンターで飲んでいた数人の男たちがいっせいにふり返って、私の方を見た。彼らの視線――無感動と無関心――をこの身に受けたとき、しまった、店を間違えたと思ったが、もう遅い。今さら、踵《きびす》を返して、退散するわけにはゆかない。

「さあさ、お好きなところに座ってね。うちは、遠慮も気取りもいらない店だからね。お仕事のお帰り？　お初にお目にかかります。あたし、涼子《りょうこ》です。もと涼介《りょうすけ》。人呼んで、早撃ちのお涼。以後、お見知りおきを」

彼女はそう言って、敬礼をした。そういう仕草も様になっている。太い首には、大ぶりなネックレスと、ぽこんと突き出た喉仏。

カウンターのほかに、ボックス席がふたつ。奥の方のボックス席では、片方のソファー

にふたりの男がひしと寄り添って座り、何やら楽しそうにいちゃついている。カウンターのスツールに腰かけている男たちのなかには、お洒落《しゃれ》で、垢抜《あかぬ》けていて、芸能人なのかと思えるような人もいれば、ちょっと女っぽいような、なよっとした撫《な》で肩の人もいるし、ごく普通の会社員みたいに見える人もいる。でも共通点がひとつだけあって、それはみんな、女にはまったく関心がないということ。

「スナック　涼」は、いわゆるゲイバーだったのである。

私は店を間違えてはいなかった。

失恋した女が駆け込む場所として、ゲイバーほど心地好い「寺」はないと、その夜、私はしみじみ悟った。

ママは、おなかがぺこぺこだと言った私のために、メニューには記されていない一品料理をあれこれつくってくれた。余った野菜でこしらえたチャーハン、ママ特製のらっきょうのピクルスとほうれん草の卵とじ、焼き茄子《なす》。そんな料理が、涙が出そうになるくらい、美味しかった。

「人に優しくできるのはね、あたしたちが社会の底辺で苦労しているからよ。踏みつけにされる者の痛みは、踏む側の者には、わかりっこないの。踏まれて初めて、人は人に優しくできるようになる。ということは、踏まれたことにも意義はあるってことね」

そんなことを、ママは言っていた。

「さあ、おなかがいっぱいになったところで、次はお酒ね。命の水をたんとお上がり」

私はジンライムを注文した。

こんな夜に、やけ酒を飲まないで、いったいいつ飲むのかというような心境である。

ママは、ライムをナイフで半分にぶつっと切って、フォークを突き刺してぐるぐる回しながら果汁を搾り出し、あとに残ったライムの皮をそのままどぼんとグラスに浮かべて、

「はい、どうぞ」

と、目の前に置いてくれた。

豪快なジンライムだった。飲むと、五臓六腑《ごぞうろっぷ》に染み渡った。

二杯目、三杯目、と、杯を重ねながら、ママや常連のお客に誘導されるような形で、私は語った。書き上げたばかりの原稿がボツになったこと、失恋をしたこと、長谷川さんの素敵さと不甲斐《ふがい》なさ。

しゃべっているうちに、だんだん、腹が立ってきた。原稿をボツにされた怒りは、どこへも持って行き場がない。だから私は長谷川さんに対して、怒るしかないのである。

くやしい！　くやしい！！　くやしい！！！

それまでは好もしいと思いつづけてきた長谷川さんの一挙一動が、今となっては、憎らしくてならない。奥ゆかしさや落ち着きは「優柔不断」に、静謐さや真摯《しんし》なまなざしは「くそ真面目《まじめ》」に変化してしまっている。えくぼもあばたに早変わりとはこのことだ。

「ずっと調子のいいことばかり言ってて、結局は会社の言いなりになったってことじゃない？　いろいろ言い訳ばかり重ねてさ、男らしさのかけらもないの。別の人を紹介されたって、うれしくもなんともないの。向こうは会社員でしょ、私の原稿をボツにしたって、腹は痛まないってことなの」

くだを巻きながらぼやく私に、ママは優しい言葉をかけてくれる。

「何よ、男のひとりやふたり。男なんて、そのへんに掃いて捨てるほどいるじゃないの。今度、あたしがいい男を紹介してやるわよ」

「そうだよ、ママの言う通りだよ。人生、男だけじゃないさ」

「男に振り回される人生なんて、下らんよ」

「下ったら、あとは這《は》い上がるだけ」

「泣くだけ泣いたら、あとは笑うだけ」

「これ以上の谷底はもうないんだと思えば、怖いものなしじゃない？」

みんなとても優しい。本当に優しい。いっしょうけんめい言葉を尽くして、慰め、励ましてくれる。

ゲイの人たちがこんなにも女に優しいとは、今の今まで、知らなかった。

すっかり酔っぱらって千鳥足になり、もどったアパートメントの部屋の片すみで、留守番電話のメッセージランプが点滅していた。

数字は「4」。ということは、メッセージは四つ。

ひとつ目。

「トラベル・アンド・グルメの山岸です。いつも大変お世話になっております。もどられたら、お電話くださいますか。あしたでもかまいません。ひとつ、ご相談したいことがあります。お電話、お待ちしております」

誰がするもんか。相談したいことなんて、こっちにはない。

ふたつ目。

「月刊『健康第一』の橋本です！　えーっと、枝豆のお原稿、どうなっておりますでしょうか？　締め切り、やや過ぎかけておりますが、いかがでしょうか？　ファックス、お待ちしております」

誰が送るか、ファックス。送れるわけないだろ。原稿、まだ書けてないんだから。

三つ目。

「あの、覚えておられますでしょうか？　以前『えんじょいワーキング』の取材で、インタビューをしていただきました……」

覚えてないよ。どうせ、どこかに留学して、もどってきてからキャリアアップとやらをしたんでしょ。関係ないんだよ、私には、そんなこと。

四つ目のメッセージが流れ始めたとき、急に、私の背筋がのびた。神経が一本、すーっと抜けるかのように、酔いが引いていくのがわかった。

狭い冷たいキッチンのなかに、長谷川さんのあたたかな声が流れた。

「こんばんは、水沢さん、長谷川です。本日は、お目にかかれて……僕としてはなんと言いますか、重ね重ね、申し訳ありませんでした。また機会がありましたら、ぜひお目にかかりたいと思っています。しつこくお電話してしまい、本当に申し訳ございません。僕でお役に立てることがあれば、これからも……」

長谷川さんの声を耳にして、それまで涙腺《るいせん》のどこかで詰まっていた涙が堰《せき》を切って、一気にあふれ出した。泣きながら、彼のメッセージを何度も再生して、聞いた。

聞きながら、思った。

お願い、優しくしないで。

これ以上、優しくされると、私、闘えなくなる。

迷路の出口は自動ドア

「花丸でした」

それが、編集長の開口一番の言葉だった。

私は、お茶の水にある有暁《ありあけ》社の応接室で、書籍第三編集部の編集長と向かい合っている。編集長の隣には、若い女性編集者がひとり、座っている。去年の十月、長谷川さんが私に、まるで手切れ金みたいな名刺をくれたとき、彼の肩書きは副編集長だったが、年明けから編集長に昇格した、とのことだった。

「よくがんばってくれました。合格です。百点満点の二百点。本当にいい原稿になりました。文句なし。素晴らしく良くなっていた。今までいろいろ厳しいことばかり言ってきたけど、水沢さんはよく付いてきてくれました。我々の期待に、十全に応えてくれたと思います」

ソファーとソファーのあいだに置かれている低いコーヒーテーブルの上には、新年早々、書き上げて送っておいた最終原稿の束が鎮座ましましている。

新しいタイトルは『インド世界を歩く』。

編集長のアドバイスによって、よりシンプルなタイトルに変えた。

この応接室で、初めて編集長――そのときは副編集長――に会ってから、およそ二ヶ月あまり。十一月から年始にかけて、私はこの原稿の大幅な改稿に取り組んでいた。構成や章立ても大きく変更し、細部にも神経質なまでに手を入れ、新たな原稿も数十枚、書き加えた。ほとんど、もとの姿をとどめないほど、書き替えてしまった章もある。すべては、編集長からのリクエストに基づいて。彼曰《いわ》く「体験記をノンフィクションに生まれ変わらせる」ために。

編集長の指導は、厳しかった。厳しかったが、的を射ていた。

たとえば――

「読者はインドの旅行記を読んでいる。のだけれど、同時に、水沢さんの書いた文章を読んでいるわけでもある。ということは、インドのことがよく書けている、それだけじゃあまだ、足りないんだな。インドを語っているその文章が、実によく書けている、と、まあ、こういう状態まで持っていかなきゃ駄目なんだ。わかるかな？　しかしなおかつ、最終的には、インドを語る文章は無色透明で、語られているのはインドだけ、と感じさせるところまで、文章を磨き上げる。磨き上げて、透明にする。わかるかな？」

というようなアドバイス。

「わかるかな？」は、編集長の口癖のようなもの。

「要は、文章というのは常に作品の主役であり、同時に、最高の黒衣でなくてはならない、ってこと。わかるかな？」

聞かされた当初は、雲をつかむような言葉だと思っていたけれど、実際に原稿に向かいながら推敲しているまっさいちゅうに「あ、こういうことなのかも」と、ふいに理解がやってくる。改稿作業を進めていくなかで、そういう瞬間が何度もあった。私にとって、非常に得難い体験だった。言い替えると、書くことの深い喜びを味わった瞬間でもあった。

長谷川さんのくれたアドバイスを「カルチャースクールの作文指導」のそれだったとすれば、編集長のアドバイスは「大学の文学部の言語表現論」のそれに相当するものだった。どちらも私にとって、必要不可欠なアドバイスだった。長谷川さんのアドバイスがあったからこそ、編集長のアドバイスも理解できたのだと思う。一歩ずつ、階段をのぼっていったという感じ。そういう意味では、長谷川さんの会社で原稿をボツにされたことは、かえって良かったのかもしれないとまで、思えるようになっていた。

仮に長谷川さんの会社で出してもらえていたとしても、それは、体験記文庫のシリーズの一冊に過ぎない。有暁社からは、ノンフィクションの単行本として出してもらえる。ノンフィクション新人作家、水沢菊香の堂々たるデビュー作である。災い転じて福と成すとは、まさにこのことではないか。

「出版は、春にしたいと思っています。そうだな、三月の終わりか、四月かな。うちが広告や宣伝にいちばん力を入れる時期でもあるし、水沢さんの作品は、その目玉のひとつにするつもりです。新進気鋭のノンフィクション作家の、記念すべきデビュー作だからね」

編集長は力強くそう言って、傍らにいる女性編集者の顔を見た。彼女がうなずくと、私に視線をもどした。その視線がまぶしくて、私は思わず目を細めてしまう。

清楚《せいそ》なワンピースにカーディガン姿の女性編集者は、編集長の発言を逐一、手もとのレポート用紙にメモしている。今後の進行に伴う実質的な編集作業は、彼女が担当してくれることになっている。これまでにも何度か、電話で話したことはあったが、会ったのはきょうが初めてだった。

編集長はこう言って、彼女を私に引き合わせた。

「この人は、第三編集部のエースです。部内でいちばん優秀な編集者を付けたんですよ。水沢さんをうちでばんばん売り出して、ノンフィクション界のスターにしていくのが我々の使命ですからね」

長谷川さんのファッションを「大学の文芸サークルの仲間」のそれだったとすれば、編集長は「一流商社の辣腕《らつわん》ビジネスマン」ということになるか。大柄な体軀《たいく》、ブランド物と思しきスーツをすっきりと着こなし、お洒落な色合いのネクタイをきりっと締め、髪の毛にはうっすらとポマードを入れている。長谷川さんは「考える人」のポーズの似合う人だったが、編集長は威厳のある腕組みが様《さま》になっている。比べてはいけないと思いながらも、ついつい比べてしまう。

編集長は、自信たっぷりな口ぶりで話をつづける。

「帯に載せる推薦コメントは、弊社で書いていただいている作家のなかから、しかるべき人を選んでお願いしようと思っています。ゲラになった段階で原稿を先方さんにお送りし、ご相談してみます。よろしいでしょうか?」

「もちろんです!」

「装幀については、何かご希望がありますか? できれば、インドの写真で行きたいと思っていますが、ひとまず水沢さんの撮られた写真を見せていただいて、使えるものがあるかどうか、検討させていただければ。水沢さん撮影の写真の、コラージュなんかもいいかもしれないと思っています」

「わかりました」

私の撮った写真が表紙に出る? あの下手なスナップ写真がコラージュされて、人々の目に触れる? そんなことがあっていいのか。

「装幀家については、お任せ下さい。ノンフィクション系のデザインがうまい人を何人か知っていますので」

編集長の話を聞きながら、私はなぜか、息苦しいような、胸に何かがつっかえているような、喜びとはまるで正反対の、いっそ不快と言ってもいいような感情を味わっていた。

味わっているうちに、気づいた。喜びがあまりにも大き過ぎると、人はうまく喜ぶことができなくなるのだと。うれし過ぎて、幸せ過ぎて、こわいくらいに幸せで、笑っていいのか、泣いていいのか、どうしたらいいのか、わからない。私はそのとき、大き過ぎる私の喜びを持てあましていたのだった。

打ち合わせが終わったときには、夜の七時近くになっていた。きょうはこのあと「みんなで食事に行きましょう」と、あらかじめ誘われていた。だから当然、女性編集者もいっしょに行くのだと思っていた。が、彼女は原稿の束をしっかり胸に抱きかかえて立ち上がると、

「きょうは本当にありがとうございました。これから一生懸命、がんばらせていただきますので、どうかよろしくお願いいたします」

丁寧なお辞儀をして、部屋を出ていこうとした。

「あの、梨木さんは、お食事には？」

ほっそりした背中と、肩胛骨《けんこうこつ》のあたりまで伸ばしているストレートの黒髪に向かって問いかけると、彼女はふり向いて答えた。

「申し訳ございません。私は今夜、校了作業がございまして、どうしても都合がつかないので、残念ながらご遠慮させていただきます」

にっこり笑って、去っていった、そのときの彼女の美しい――悲しそうにも見えた――笑顔を、私はそれから長く、記憶することになる。

「じゃあ、俺は外出の仕度をしてきますので、水沢さん、ここでちょっとだけ、待っていてくれますか?」

そう言い置いて、彼女といっしょに出ていった編集長は、五、六分後、再び応接室に姿を現すと、

「いやぁ、お待たせ、お待たせ」

幾分、砕けた口調になっていた。本日の仕事が終わった「あと」の口調、ということだろうか。

「さ、行こうか。腹はちゃんと減ってる?」

「はい。もう、ぺこぺこです」

弾んだ声で、私は答えた。応接室でつかのま、ひとりきりになっていたとき、大き過ぎる喜びにやっと体が適応してきたのか、私の心身は、月に向かって跳ねる野うさぎみたいになっている。原稿は花丸。春に出版。ああ、こんなことがあっていいのか。いいのだ、いいのだ、これでいい。

ふたりで会社を出て、表玄関で待っていたタクシーに乗り込む前に、編集長は言った。

「そんなわけで、今夜は水沢さんとふたりきりで、とことん飲みたいと思ってたんだけど、

実はひとり、紹介したい人がいてね。その人は直接、店に来ることになってるから、そこでご紹介するよ」

どなたなんでしょう？　と、問いかけるよりも先に、編集長の答えが返ってきた。頰には意味深な笑みが浮かんでいる。

「誰が来るのかって？　それは秘密。だけど、水沢さんを『ああっ』と驚かせる自信だけはあるよ。ま、楽しみにしてて」

金曜日の夜だった。

夜と闇が交わって、夜が闇に吸い込まれていくような時間帯。

編集長といっしょにタクシーに乗って、向かった先は、麻布十番。

案内された店は、入り組んだ路地の一角にある、焼き鳥専門店だった。

表には看板も上がっていなくて、十数人も入れば満席になってしまう、カウンターだけの店。編集長の話によれば「客は予約客のみ。しかも、一ヶ月くらい前から席を押さえておかないと入れないんだよ」という。狭いカウンターのなかできびきび働いているのは、店の主人と思われる男性がひとり、ほかに従業員らしき人は見あたらない。

「やあ、先生、もうお見えでしたか。これはどうも失敬。お待たせしちゃったかな」

店に入るなり編集長は、Lの字になっているカウンター席の、短い棒のところに座っていた男性に声をかけた。

「いやいや、今、来たばかりですよ。お気づかいなく」

私たちの顔に交互に視線を当てながら、その人は、いかにも人あたりのよさそうな柔和な笑顔を向けてきた。年の頃、五十代前半くらいだろうか。編集長よりも五、六歳年上に見えるその人の顔を、私は「どこかで見たことがある」と思った。丸顔で眉が太く、唇もぶ厚い。いわゆる愛嬌《あいきよう》のある顔。だが、名前は浮かんでこない。何をしている人なのか。なぜ今夜、ここにいるのか。

すぐにわかった。

「先生、こちらが今度、我が社からデビューすることになっている水沢菊香さんです。以後よろしくお願いします」

「おお、どうもどうも、お噂《うわさ》はかねがね。もちろんいい噂しか聞いてませんけどね」

彼はそう言うと、胸ポケットのなかから何かを取り出そうとして、やめた。名刺を持参してきていないことに、気づいたのかもしれなかった。

「高旗《たかはた》です。よろしくお願いします」

高旗という名前を耳にして、ピンと来た。

彼は有名なノンフィクション作家だった。著書も何冊も出している。ときどき、テレビの報道番組などに出演して、コメントを述べていることもある。だから、顔には見覚えがあったのだ。政治、金融などの分野に強い作家だ。しかしながら、私は彼の本を一冊も読んだことがない。きょう、ここで会うことになっているのなら、読んでくればよかった。読んでくるべきだった。なぜ、事前に教えてくれなかったのだろう、と、一瞬、編集長を恨んだ。

そんな私の戸惑いとは裏腹に、編集長は満面に笑みをたたえて、私に目配せをした。

「さ、水沢さんは、先生の隣に。きょうは、大先輩にいろんなことを教えていただかなくちゃね。わかるかな?」

編集長と作家は長年の仕事仲間であるようだった。ふたりにしかわからない会話を素早く交わしている。「あの件は?」「ああ、あれ、おかげさまで解決しました」「そう、良かったね」「あの人は細かいことにうるさくてかないません」「まあ、仕方がないよね。老舗《しにせ》なんだから。でも筋は通したんだから、いいんじゃないの」「まあね。立てるべきところは立てておきましたから」「あの人、あれでまだ立つわけ」――

壁のフックにコートとマフラーを掛けてから、私は作家の隣に腰かけた。緊張のせいか、着慣れていないフレアースカートが、太ももにまといついてくるようだった。改めて頭を深く下げ「よろしくお願いします」と挨拶をした。

私たちはビールで乾杯し、コース料理が出てくるのを待った。

この店にはメニューもなくて、料理はすべて主人の意のままに出てくるという。まさに「お任せ」である。

頬をピンクに染めている私を見て、編集長は茶化した。

「おや？　水沢さんったら、何を照れてるの？　高旗さんに会えたのが、そんなにうれしいの？　案外うぶなんだね。年に似合わず、顔に似合わず」

おそらく、場の雰囲気を和らげようとして、そんなことを言ったのだろう。

実はそのとき、私が頬を染めていたのは、まったく違った理由によって、だった。ビールの最初のひと口を飲んで、コップをテーブルの上にコツッと置いたとき、カウンターの向こうからもわっと漂ってきた煙の匂いを嗅いで初めて、というか、やっと、というか、非常に重要なことに「ああっ」と気づいたのである。

これは、大変なことになった、と思った。ほとんど非常事態だと言っていい。

なぜなら、私は鶏肉というものが大の苦手で、煮物などにちょこっと入っているだけでも、巧みに避《よ》けてしまうほど、嫌っているのだ。フライドチキンも、鳥の唐揚げも、身の毛がよだつほど嫌いだ。子どもの頃から、そうだった。母は「親子どんぶり」をつくるとき、「菊ちゃんのは、子どんぶりね」と言っていた。しかしここは焼き鳥専門店なのである。しかも、出版が決まったばかりの会社の編集長から、名だたるノンフィクション作家を紹介してもらったばかり、という大切な局面。

どうしよう、どうすればいい？　絶体絶命のピンチである。このピンチを、いかにして切り抜けるか。

切り抜ける方法は、ひとつしかない。

とにかく、食べるしかないのである。

つぎつぎに目の前に差し出される焼き鳥を、まるで胃カメラでも呑《の》むような思いで食べた。ひとくちに焼き鳥といっても、こんなに豊富な種類があるのかと感心、いや、あきれながら。なかには「生の鳥肉」まで出てくるではないか。生なのに「焼き鳥」なのか。生の鶏肉は生唾といっしょに呑み込み、砂肝は砂を噛《か》むような思いで、噛まずにビールで流し込む。「これは消しゴム。鶏肉じゃない」「これはこんにゃくを焼いたもの、鶏肉じゃない」などと言い聞かせながら。鶏肉が食道を通過するたびに「拷問《ごうもん》」という言葉が脳裏をよぎる。

拷問コース料理が半分くらいまで進んだところで「そうだ、忘れないうちに」と言いながら、編集長が鞄《かばん》のなかから一冊の本を取り出して、脇から私に手渡した。見ると、他社から出版されたばかりの作家の最新作である。

「水沢さん、サインしてもらうんだったよね？　はい、これ」

編集長のウィンクを見て、理解した。その本は、私が今夜のために買って持参してきたもので、編集長はそれを預かっていた、という風を装っている。作家を気づかっているのか、私を気づかっているのか、とにかく編集長の気働きに感謝あるのみだと思った。私が「お願いします」と、作家に本を差し出すと、編集長は脇から手を伸ばして、彼の手にサ

インペンを渡した。作家はペンを握りしめ、サインをしようとした、と、そのとき、

「待った！」

カウンターの内側から声がかかった。

驚いて、三人同時に顔を上げると、眉根を寄せた主人の顔とぶつかった。

「やめてくれねえかな」

どすの利いた声が、和やかだったあたりの空気を凍りつかせた。カウンターを埋めている他のお客も一瞬、会話と箸を動かす手を同時に止めた気配があった。

え？　なんのこと？　わけわかんない、といった表情をしている私たちを、主人は唾を飛ばさんばかりに叱りつけた。

「お客さん、本みてえなもの、読みながら食べねえんで欲しいんだよ。こっちは焼き鳥に命をかけてるんで、そのつもりで食ってくれねえと困るんだ。さっさとしまってくれねえかな、そんなもの」

私たちは一瞬、あいた口が塞がらないといった顔つきになっていたが、はっと我に返った編集長が「申し訳ない」と言うと、作家もすかさず「すみません」と言って本を膝の上に置き、小さく頭を下げた。成り行き上、本は私が引き取って、そそくさと私のバッグに収めた。それから、主人がこっちを見ていない隙を見つけて、三人で顔を見合わせ「ほーっ」「へーっ」「すごいねー」「恐れ入りましたー」と、声には出さずに言い合った。

そのあとはまた、何事もなかったかのように、コース料理のつづきが出てきて、私には「命をかけた焼き鳥」の味はまったくわからなかったものの、編集長と作家は「うまいうまい」「絶品」「さすがです」と、褒めちぎっていた。

店を出たとき、私の腕時計は九時半過ぎを指していた。

三人で歩いて表通りまで出てから、編集長が空車を停め「先生、どうぞ」と、作家に声をかけた。作家はこのあと、どこかで誰かと別の約束があるということだった。

去っていくタクシーに向かって、編集長は路上に立ったまま腰を折り曲げ、深々と頭を下げている。なるほど、有名な作家はこんなふうにして見送られるものなのか、と、私は妙なところで感心している。

すぐにもう一台、空車が近づいてきて、停まった。

編集長が先に乗り込んで、私はあとから乗った。なんとはなしに、そういう順番になった。この順番が私の運命の鍵を握ることになろうとは、誰に想像できただろう。

「新宿駅までお願いします」

と、告げたのは私だった。なぜなら、編集長は中央線、私は小田急線で家にもどる。だからふたりでいっしょに新宿駅まで行くのだと思い込んでいた。

運転手さんが「はい」と言うのとほとんど同時に、編集長がつぶやくように言った。

「あれ？　もう帰るつもりなの？」

「あ、はい、もうそろそろ十時になりますし」

心に浮かんだ言葉をそのまま口にした。

タクシーが新宿駅に着くのは十時過ぎ。そこから電車に乗って、新百合ヶ丘駅に着くのは十時半過ぎ。最終バスに乗ってアパートに帰り着くのは十一時十五分くらいか。

焼き鳥屋では、かなり長い時間を過ごしたという感覚があった。かなりたくさん飲んだという実感もあった。まさか、このあとにもう一軒、編集長とどこかへ行くなんて、ありえないとも思っていた。それもあるけれど、とにかく私は気分が悪かった。気分というよりも、体調が。体のなかには、焼き鳥――というよりも、鶏の焼死体――がまるごと、消化されないまま溜《た》まっている。小田急の満員電車のなかで吐かずにいられるかどうか、一抹どころではない不安を感じている。

編集長は、まるで小学生を叱りつけるかのような明るい口調で言った。

「何言ってるの、まだ十時前じゃないか。宵の口だよ。邪魔者も消えたところで、これからふたりでじっくり飲み直そうよ。わかるかな？　今夜は最初からそのつもりで誘ったんだ。第一、今夜は、水沢さんの原稿の完成と出版決定のお祝いをしないと」

そういうふうに言われると、返す言葉もない。しかし、返さねばならない。

「編集長、ありがとうございます。とても有り難いお言葉なのですが、今夜は私」

一刻も早く家にもどりたい。もどって、お腹のなかにたまっている焼き鳥を全部、吐き出してしまいたい。それくらい、気分が悪い。

「何、そんなに急いで家にもどらなきゃならない訳でもあるの？　誰かが部屋で待ってるとか？」

「いえ、そんな人は」

「いないんなら、いいじゃない。水くさいこと言うなよ。もう一軒、行こうよ。だったら新宿でいいや。落ち着ける店で、飲み直そう。今夜はとことん飲みながら、水沢さんのこれからのことを話し合いたいんだ。ね、いいだろ？」

「困りました。どうしましょう」

笑顔をつくり、わざと笑みを滲ませた声を出した。誘いを断って、気まずい雰囲気にしてしまってはいけない、そんな必死の「笑み」だった。

「何が困るんだい？　困ることなんか、ちっともないじゃないか」

「……」

「あのね、俺といっしょに朝まで飲めないようじゃあ、いい仕事はできないよ。それに、本だってさ、出るかどうか、わからなくなるよ。いいの、出なくなっても」

編集長の声にも「笑み」が滲んでいる。だから「本だってさ」以降の発言は、冗談なのだとわかっている。わかっているけれど——

つかのま、黙ってうつむいていると、編集長はそれを私の「ノー」と受け取ったのか、説教調に転じた。酔っているのか、酔ったふりをしているのか、怒っているのか、怒ったふりをしているのか、私にはわからなかった。

「まったくきみは何を考えているんだ。わかるかな？　いいか、水沢さん、俺は本気なんだよ。本気できみを売り出そうとしているんだ。真剣にやってるんだ。ひと肌もふた肌も、脱ごうとしてるんだ。さっき、あの作家に引き合わせたのだって、彼はね、もうじき、ノンフィクション系の賞の選考委員になるからなんだよ。こっちがこんなに真剣なのに『もう帰ります』はないだろ。俺の立場はどうなるんだよ、え？」

「すみません、実は今夜は少し、体調が良くなくて。またの機会にぜひ、と思っています。本当に申し訳ありません。食べ過ぎてしまいました」

ここは、謝るしかないと思った。体調が悪いのは、本当のことだ。だから、わかってもらえるはずだと思っていた。その考えは甘かった。

私の顔をのぞき込むようにして、編集長はこう言った。

「それとも水沢さん、俺のこと、嫌いなの？」

「あ、いえ、そんな、嫌いだなんて」

編集長のことを、好きか、嫌いか、そんなこと、考えたこともなかった。どっちかを選べと言われたら「好き」と答えるかもしれないとさえ思っていた。が、この場合の「好き」は、嫌いではないという意味の好きであって、それ以上の「好き」では毛頭ない。

「だったら、いいじゃない、とことんつきあってよ」

「体調のいい日に、ぜひそうさせて下さい」

そのとき、彼の口調がふいに変わった。急に、優しくなった。

「そうかそうか、わかったよ。疲れてるんだな。飲み過ぎちゃったか。よしよしわかった。強引な誘い方をして、悪かった。それならこれからちょっと、休めるところに行こう。そこで俺が介抱してあげるから。それならいいでしょ？　しんどいんなら、そこで休んだらいいよ。なんなら朝までだって、俺の方はかまわないんだから」

駄々っ子の機嫌を取ろうとしているような言い方。

編集長には確か、中学生と小学生の娘さんがいるはず。もちろん奥さんも。

何時間か前に、応接室で別れた女性編集者の、別れ際の笑顔が浮かんできた。なぜ、今ここで、彼女の笑顔が浮かんでくるのか、わからなかったけれど、とにかく浮かんできた。

もしかしたら彼女は、この人の恋人というか、愛人というか、そういう存在なのではないか。だからあのとき、彼女はあんなにも悲しそうな顔をしていた？

それともあのとき彼女は、今夜、こういうことが起こるとわかっていたから、だから私に同情して、あんな顔になっていた？

妄想と邪推をめまぐるしく巡らせている私の右手を、編集長が握りしめてきた。

「な、いいだろ？　今から行こうよ」

「むぎゅっ」という音が聞こえてきそうなほど、それは強い男の力だった。やんわりと、ふりほどこうとして、私は焦った。ふりほどくにしても、失礼にならないようにしなくてはならない、と、まだ、そんなことを思っている。

「編集長、かなり酔ってらっしゃいますね。冗談きついです」

鈍感な女を装いながら、なんとかこの状況を打開せねばと、神経を尖《とが》らせている。

「馬鹿野郎、酔ってなんかいないよ。こんなこと、冗談で言えるわけないだろ。本気だよ、いつだって俺は」

なんとかして、この場を丸く収めないといけないと思っている。この人に恥をかかせてはいけない。この人のメンツをつぶしてしまってはいけない。

そんなことをしたら——

本が出なくなる。原稿が出版されなくなる。そのことが私には、何よりも怖い。怖いけれど、だからと言って、のこのこホテルまでついて行って、編集長の思うままになるという選択肢は、私にはない。私は好きでもなんでもない人とは寝ない。私には私の人生哲学というものがある。女のメンツというものがある。

しかし、ふりほどこうとすればするほど、編集長は意地になっているのか、いっそう強く、手を握りしめてくる。

どうしよう、どうすればいい？　なんとか、この人に恥をかかせないように、なんとか丸く、この場を収めなくてはならない。さっきから同じことばかりを思っている。どうすればいい？　ああ、どうすれば、この人を怒らせず、本もちゃんと出せるようにして、この場を収拾することができる？

「だから本気だって、言ってるだろ？　俺、水沢さんに最初に会ったときから、思ってたんだよ。なんか、可愛いなーって。可愛い寝顔を見てみたいもんだって。ね、見せてよ。見せるくらい、いいだろ」

編集長はそう言って、私の手を握ったまま、ぴたっと身を寄せてくる。体臭がもわっと漂う。うわーっと、私は思っている。吐・き・そ・う。状況は悪化の一途をたどっている。心臓がドキドキしている。胸がむかむかしている。このままじゃあ、本当に車内で焼き鳥を全部、吐いてしまいそうだ。脇の下に、冷たい汗が滲んでくる。

「悪いようにはしないからさ。ちゃんと面倒を見るよ。作家としても、個人としても」

どうしよう、どうしよう、どうしよう……どうすることもできない？

身を縮めて黙っている私を、編集長は「ついに落とせた」とでも思ったのか、もう一方の手を私の肩に回してきた。顔も回ってくる。キスされる！　ここで目を閉じたら、お仕舞いだ。

思いながら目を閉じそうになった、そのときだった。

タクシーが急ブレーキに近いブレーキをかけて、停まった。目の前には、小田急デパートが見えている。いつのまにか、車は小田急線の新宿駅の前まで来ていた。

「お客さん、着きました」

運転手さんがそう言って、ばーんと後部座席の自動ドアをあけた。その勢いに押されて、はっと我に返った編集長が、私の手を放した。その瞬間をとらえて、私は自動ドアから外へ飛び出した。すべて、反射的な行動だった。頭で考えて、そうしたわけではなかった。

突然ドアがあいた。だから外に転がり出た。そういう感じだった。

私が飛び出すと、運転手さんはなぜか、すぐにドアを閉めた。そして、編集長を乗せたまま、車をスタートさせた。運転手さんは意図的に、編集長を下ろそうとしなかった。そうとしか思えないような素早い行為だった。私は驚いて、車の方を見た。窓ガラス越しに、怒り心頭に発している編集長の横顔だけが見えていた。

助けられた、と、思った。あの運転手さんに救われた。

おそらく運転手さんは、私たちのやり取りをすべて、聞いていたんだと思う。ちょうど、父くらいに見える初老の運転手さんだった。窮地に陥っている私を助けるような気持ちで、あるいは、わが娘を救うような気持ちで、あるいは、編集長をたしなめるようなつもりで、あのような行動に出たのだろうか。

その場に立ち尽くしたまま、しばらくのあいだ、じっとしていた。

なんだったんだろう。

編集長のさっきのあれは、なんだったんだろう。

セクシャルハラスメント、という言葉がアメリカから日本に上陸したのは、今から二年ほど前のことである。まだ上陸したばかりだったので、その言葉が実際にはどういうことを意味しているのか、よくわかっていなかった。たった今、わかった。「そうか、これが、それだったのか」と。

小田急電車の改札口に向かって歩いていきながら、私は絶望していた。

もう、私の本は出ないだろう。あんなに怒らせてしまって、恥をかかせてしまって、でも本だけは出してくれるなんて、そうは問屋が卸さないだろう。あの編集長には、私をひねりつぶすことなど、いとも簡単にできるはずだ。

絶望はしていたが、悲しくはなかった。悲しむという感情を、こういうときに消費したくないと思っていた。どうせ悲しむなら、もっと美しいことで悲しみたい。

本を出すためなら、人殺し以外のことならなんでもできるとさえ思っていた。それなのに、編集長の誘いにのるという、簡単そうなことができなかった。情けなくてたまらないはずなのに、なぜか、情けないとは思わなかった。私には、天と地が逆さになっても、本を出すために編集長と寝ることは、できない。長谷川さんとなら、できたのかもしれないけれど。

編集長の欲望に応えられなかったために、私の失ったもののことを思った。本の出版。五百枚の原稿。原稿を完成させるまでに費やした時間と労力。それに対する見返り。期待。成功したいという願望。多くのものを、私は一瞬にして失った。でも、魂だけは失わなかった。それでいいではないか。

きらびやかで猥雑《わいざつ》な新宿のネオンサインに包まれて、とぼとぼ歩いてゆく負け女の胸に、ひとつの予感が芽生えているのを、私は自覚していた。

いつかきっと――

いつになるかわからないし、ずっとあとのことになるのかもしれないが、今夜のこの経験を、苦い体験を、なんらかの形で「書く」ことになるだろう。

だって私は、闘う女なんだもの。

闘う女、水沢菊香の武器は、ペンしかないではないか。

私は負けない。屈しない。

セクハラなんかに負けてたまるか。闘ってやる。

いつか、必ず、ノンフィクション作家になって、働く女性たちを応援し、働く女性たちを元気づけられるような作品を書く。

それは、小さな小さな蟻《あり》か、せいぜいてんとう虫くらいの大きさしかない予感だった。

未来のことなんて、誰にもわからない。あしたのことだって、わからない。けれども私にはたったひとつだけ、わかっていることがある。

私の予感は、必ず当たるのだ。

懲りない女、成田を飛び立つ

風薫《かお》る、四月の終わり夕暮れ時。

小一時間ほど前に、定刻より三十分ほど遅れて成田空港を飛び立ったニューヨーク行きの飛行機に、ひとりの女が乗っている。

肩にかかるか、かからないか、すれすれのところで切り揃《そろ》えられた、まっすぐな黒髪。白っぽいシャツに、シンプルなデザインのジャケット。アクセサリー類はなし。下半身はブルージーンズにスニーカー。カジュアルな装いではあるものの、女のまわりに群れている、大型連休をニューヨークで過ごそうと計画しているカップルや家族連れの姿とは違って、バケーションを海外で楽しもうというような雰囲気は、微塵もない。女の醸し出している凛とした雰囲気はむしろ、ビジネスクラスの座席を占めている企業戦士たちのそれに近い。

飛行機が水平飛行に切り替わったあと、女はジャケットを脱いで頭上の手荷物収納ラックに収めると、かわりに浅葱《あさぎ》色のカーディガンを取り出して羽織り、スニーカーからスリッパに履き替え、ほっとひと息ついたような表情になって、窓の外に視線を向けた。

女の席は窓側で、左隣は空席になっている。

窓越しに見えるのは、飛行機の翼の一部と雲と空だけである。雲は黄金の光に縁取られて神々しく、いっそ人工的と言ってもいいほど青い空には、無数の斜線を引っ張るようにして、光の雨が降り注いでいる。

幻想的な光景に、女はしばし、地上のあれこれを忘れ、我を忘れて見とれた。ここはもう、日本ではない。かといって、アメリカでもない。自分は今、国境も国籍も人種もおそらく年齢も性差もない「空の世界」にいるのだな、と、感慨にひたりながら。

神妙な感慨に水を差すかのようにして、女の肩越しに声が届いた。

「お客様、お飲物は何に致しましょうか？」

というのは、日本航空か、全日空の客室乗務員の問いかけであって、アメリカの航空会社のものではない。たった今、発せられた問いかけを和訳――意訳ともいう――すれば、「あんた、飲み物はなんにするの。さっさと決めてよ。わたし、すごく忙しいの」

となる。

「アップルジュースを下さいますか。氷はなしでかまいません」

女はいたって丁寧な英語で答えを返すと、「これじゃあ、どっちが客で、どっちが従業員かわからないわ」などと思いながら、まるで尿検査に使われるようなプラスティックのコップを受け取った。

冷蔵庫の野菜室みたいな匂いのするジュースを一気に飲み干したあと、女は、前の座席の下に突っ込んであった旅行鞄を引っ張り出すと、底の方からぶあつい封筒を抜き取った。封筒のなかには、やはりぶあつい紙の束が入っている。

女は読書灯をともして、一枚目に印刷されている言葉を見つめた。手塩にかけて育ててきた、愛しい我が子を見つめるようなまなざしで。

『闘う女』――。

オレンジ色のライトが、まさにスポットライトのように、その三語を照らし出している。

自伝的エッセイと言えばいいのか、あるいは体験記、あるいは自伝的な物語と呼ぶべきなのか。雑誌のフリーライターとして働きながら、ノンフィクション作家を目指して悪戦苦闘していた日々の悲喜こもごもを綴った、ノンフィクションともフィクションともつかないような、それは、女が五年あまりを費やして書き上げた作品のタイトルだった。

タイトルだけが印刷された紙の右下の隅には「初校」と記された判子が押されている。

出版予定は今年の夏。

ぶじ出版されれば、これがこの女のデビュー作となる。

出版業界では「初校ゲラ」と呼ばれている紙の束の上に、女はそっと手のひらを置いて、「よしよし、いい子いい子」とささやきかけた。

いい子、いい子、よくがんばったね。

冒頭の一行から最後の一行まで、一字一句、頭のなかにすっぽり入っている、と言っても過言ではないほど、何度も何度も書き直し、いやになるくらい推敲を重ねた原稿。ここまで到達するために流した汗を、流れた涙を、飛ばした唾液を、飲んだやけ酒を集めると、子ども用のプールを満たせるくらいにはなるだろう。

いったい何人の人に読んでもらったことか。

いったい何社の編集者に、何社の募集している賞に、応募したことか。

何度突き返され、何度嘲笑《ちょうしょう》され、何度無視され、何度「あきらめた方がいい」と言われたことか。それでもあきらめないで書き直した作品が、ある地方都市の主催するマイナーな賞——アマチュアでもプロでも応募できる、テーマを女性問題に限った珍しい賞で、その名も「未来に羽ばたく女性のためのノンフィクション賞」——の最終候補に残っているという知らせを受けた日の感動は、今も女の心臓に突き刺さっている。誉《ほま》れの矢として。

ずばり当たった、てんとう虫の予感の矢として。

いつか、必ず、ノンフィクション作家になって、働く女性たちを応援し、働く女性たちを元気づけられるような作品を書く。

それは、小さな小さな蟻か、せいぜいてんとう虫くらいの大きさしかない予感だった。

未来のことなんて、誰にもわからない。あしたのことだって、わからない。けれども私にはたったひとつだけ、わかっていることがある。

私の予感は、必ず当たるのだ。


赤ペンを片手にして女が初校ゲラを読み終えたとき、飛行機はカナダの上空を飛んでいた。着陸まで、残すところあと五、六時間ほどか。

女は紙の束を封筒に収めると、大きな伸びをひとつした。

徹夜には慣れているものの、アメリカ東海岸に着けば、昼夜逆転の時差との戦いが始まる。到着する前に、ひと眠りしておこうと思った。

シートを倒し、まぶたを閉じて、機内の闇に身を任せた。すぐに頭をうしろに引っ張られるような睡魔がやってきた。が、座席の振動とエンジン音のせいで、完全な眠りに落ちることはできない。

夢とうつつの境目をさまよいながら、女は、羊の数を数えるかのようにして、自分の書いた作品に登場した「なつかしい人たち」の顔を、ひとりひとり、思い浮かべた。今もつきあいのある人もいれば、今どこでどうしているか、まったくわからない人もいる。女の記憶のなかで成長を止めてしまった人物もいれば、目覚ましい成長を遂げた人物も。

ぼんやりとした頭のなかに、涼やかな声が響いた。

「菊ちゃん、ぼくね、将来はパイロットになることに決めたよ」

仕事を半日だけ休んで、成田空港まで女を見送りにきてくれた親友の、ひとり息子の発言である。この親友は、女がフリーライターになるきっかけを与えてくれた、いわば恩人のような存在だった。親友はシングルマザーとして、息子を産んだあと、必要に迫られて定時の仕事――ある写真家の事務所のスタッフ――に就いた。その仕事を紹介したのは、写真家と親しくつきあっていた女であった。

「へえ、パイロット？　飛行機の？」

女は、この男の子がまだ赤ん坊だった頃から、何くれとなく面倒を見てきた。時には保育士として、時には親戚のおばさんとして、時には冒険仲間として。少年は、今年の春、小学一年生になった。

「うん、あんな大きなものを動かせるなんて、すごいもん。ぼくがパイロットになったら、いちばんに菊ちゃんを乗せてあげる」

少年はまだよちよち歩きの頃から、飛行機に夢中だった。しかしそれは、写真に撮られた、あるいは絵に描かれた飛行機であって、現実の物体、すなわち空飛ぶ巨大な機械ではなかった。今回、母といっしょに成田空港まで見送りに来てくれたのも、実のところ「本物の飛行機を見る！」という目的の方が勝《まさ》っているのだろうと、女にはわかっている。それでもじゅうぶんに、女はうれしかった。

「わあ、ありがとう。うれしいな。約束よ！」

生まれて初めて肉眼で目の当たりにした飛行機に魅せられ、瞳を輝かせていた少年の面差しを思い出して、女の顔はほころんだ。

なれるよ、海太くんなら、きっとなれる。

夢は叶うものなのだから。その人に、夢見る力さえあれば。

夢見る力は「野心」と言い替えることができる。野心は、美しい。美しくて強い。クリエイティブな力を持っている。人生を創造することのできる無限の力を。

夢は叶う。

夢見る力さえあれば。

それはかつて、女が雑誌のフリーライターとしてインタビューした、ひとりの女性から届いた手紙に、書かれていた言葉だった。アメリカへの語学留学を経て、日本に帰国したのち、社長秘書に抜擢《ばってき》された人だった。留学の成功談を語った彼女は、しかしその「抜擢」を「アメリカでは、秘書になるのはキャリアダウンです」と言い切って、女を驚かせてくれた。驚かせると同時に、目を開かせてくれた。

そのとき女の目の前で開いたのは、「働く女性」というテーマへとつづく扉だった。

彼女からエアーメールで手紙が届いたのは、インタビューから四、五年が過ぎたある日のことだった。手紙には、転職して渡米し、在米日系企業――大手新聞社のニューヨーク支局――で働き始めたという彼女の近況が書き記されていた。

「水沢さん、驚かれるかもしれませんが、アメリカでは、上司が自分の机の上に週刊誌を置いておいただけで、部下の女性からセクシャルハラスメントで訴えられます。その週刊誌のカラーグラビアに、水着姿の女性の写真が載っていたりすれば。女性社員は、男性社員のために、お茶もコーヒーも淹《い》れません。いえ、淹れてはいけない、と言った方が正しいのです。なぜならそれは私たちの『仕事』ではないからです。それほどまでに、働く女性を取り巻く環境は整いつつあります。すべて、アメリカ人女性たちの闘いの賜物《たまもの》です。女性の社会進出に関しても、アメリカは進んでいます。日本の十年先を行っています。いつか、アメリカに取材にいらっしゃいませんか？　もしも私でよろしければ、喜んでお手伝いをさせていただきます」――

その手紙を読んで、女は「アメリカへ行ってみよう」と決意した。

そして、ふたつの企画を立ち上げた。ひとつは、雑誌の連載企画。タイトルは「アメリカのワーキングウーマン事情」。どうせ書くからには、本腰を入れて取材したい。アメリカで働くアメリカ人女性、のみならず、日本人女性にも、話を聞きたい。ニューヨークのみならず、全米各地で。そのためには、自分も何年か、アメリカで暮らしてみたい。雑誌の連載が終わったあと、二冊目の本を書きたい。

二作目の仮タイトルもすでに決まっている。

『闘う女たち』――。

女は今、自分自身の物語から大きく羽ばたいて、女たちの物語を書きたいという野心を燃やしていた。アメリカに住むために、女はジャーナリストビザを――忘れず、抜かりなく、渡航前に――取得した。

飛行機のチケットは、片道しか取らなかった。

すみれさん。

女は、胸のなかでつぶやいた。なつかしい人の名を。インド帰りの女が布団をかついでアパートに入居した日、コロッケサンドを持たせてくれた人。アルバイトをしていた会社を辞めていいものかどうか、迷っていたときに「人生は、片道切符よ」と、力強く背中を押してくれた人。彼女には、もう会えない。生きている彼女には。

女は思った。胸に手を当てて。

未来のことなんて、誰にもわからない。あしたのことだって、わからない。けれども私にはたったひとつだけ、わかっていることがある。

それは――

成功とは、華々しい脚光を浴びることでは、決してない。成功とはむしろ、日陰で、誰にも認められなくても、愛《め》でられなくても、ひとりでこつこつと、地道にけなげに小さな努力を積み重ねながら、生きていくこと。書きつづけていくこと。この仕事をつづけていくこと。つまり成功とは、好きな仕事を一生をかけて、つづけていくことにこそあるのではないか。すみれさんが亡くなる直前まで食堂を営み、そこに集う人たちの心に火を灯し、慰め、励ましつづけてきたように。

すみれさん、私、片道切符で行くからね。

女ひとり、アメリカに乗り込んでやる。裸一貫、野心だけを身にまとって。

いざとなったら、ストリップでもなんでも、やってやろうじゃないの。

インドから成田に降り立った日からきょうまでの、十年あまりの苦労の荒波を、溺《おぼ》れそうになりながらも乗り越えてきた女には、身に染みてわかっている。マイナーな賞を取り、本を一冊出しても、人はノンフィクション作家にはなれない。自分は今やっと、スタートラインに立てたに過ぎない。勝負はここからだ。本当の闘いは今、始まったばかりなのだ。

この先にもまた、いくつもの、出口のない迷路が待ちかまえているだろう。出口が見つからなかったら、自分で出口をつくればいいのだ。あきらめることは、一秒でできる。私は簡単にはあきらめない。

女の名は水沢菊香、バツイチでシングルの三十九歳。

懲りない女を乗せた飛行機は今、ニューヨーク州の上空にさしかかったところである。

本書は、ハルキ文庫のための書き下ろし作品です。

Haruki Bunko
ハルキ文庫

こ 9-3

闘《たたか》う女《おんな》

著者　小手鞠《こでまり》るい

2016年8月18日第一刷発行

発行者　角川春樹

発行所　株式会社角川春樹事務所
〒102-0074 東京都千代田区九段南2-1-30 イタリア文化会館

電話　03(3263)5247(編集)
03(3263)5881(営業)

印刷・製本　中央精版印刷株式会社

フォーマット・デザイン　芦澤泰偉
表紙イラストレーション　門坂 流

ISBN978-4-7584-4024-0 C0193 ©2016 Rui Kodemari Printed in Japan
http://www.kadokawaharuki.co.jp/ [営業]
fanmail@kadokawaharuki.co.jp [編集]　ご意見・ご感想をお寄せください。